좋아요, 그런 마음

일러두기

· 2003년 1월부터 2018년 3월까지《샘터》에 연재된 칼럼을 새롭게 엮었습니다.
· 시기를 밝혀야 할 글에는 본문 말미에 수록 연도를 표기했습니다.

좋아요, 그런 마음

김성구 산문집

샘터

마음으로 하는 등배지기

초등학교 3학년 때 운동장에서 처음 등배지기를 했던 걸로 기억합니다. 두 사람이 등을 맞대고 양쪽 팔을 새끼줄 꿰듯 엮은 채 서로를 들었다 났다 하는 시소 놀이 같은 거지요. 짝의 등짝을 제가 먼저 들어 올렸습니다. 그 여자아이 이름은 장경미. 몸무게는 나 정도 됐습니다. 생김은 좀더 가늘고 연약해 보이지만 짓궂은 남자아이들도 감히 먼저 장난을 걸 수 없는 어떤 카리스마 같은 게 있는 아이였지요.

세상 처음 들어 올린 그녀(?)의 등은 아팠습니다. 경미의 등뼈가 제 등에 콕콕 박혔기 때문이지요. 나도, 그 친구도 긴장해선지 편치 않았습니다. 휘청휘청, 후들후들….

그렇지만 잠시 후 자세가 안정되자 느낌이 아주 달라졌습니다. 내 다리는 땅을 꼿꼿이 딛게 됐고 그 아이 등짝도 전혀 아프게 느껴지지 않았지요. 따뜻한 기운까지 전해져왔습니다. 뭔가 색다르고 좋은 느낌…. 같은 동작을 하고 있는 주변 친구들 사이에선 "아이쿠" 넘어지는 소리, 킥킥대는 소리로 요란했지만 저는 경미의 따뜻한 체온이 마냥 좋았던 것 같습니다.

그것도 잠시, 이번엔 제가 하늘을 정면으로 바라보게 됐습니다. 경미의 다리 힘은 저보다는 약한 듯 휘청했습니다. 제가 살짝 다리를 들자 경미의 허리는 간신히 기역 자로 꺾였지만 뻣뻣하게 긴장한 제 몸은 제대로 안착되질 못했지요. 그러다 '엇다, 모르겠다. 넘어지면 어때?' 하며 경미의 등짝에 내 몸을 떠맡겼습니다. 온몸에서 기운이 다 빠져나가는 느낌, 갑자기 하늘이 노래지는 경험, 이어지는 편안함. 그 순간을 지금도 잊지 못합니다.

그때 경미한테 "너도 편했니?"라고 묻지 못했습니다. 묻지 않아도 분명히 나와 같은 느낌이었을 것입니다. 왜냐면 그 이후로는 이전처럼 티격태격 싸운 기억이 전혀 없으니까요.

환갑을 앞둔 나이인데도 가끔씩 친구와 등배지기를 합니다. 등배지기는 서로 공평하게 등을 나누는 근육 이완 운동입니다.

지렛대 원리를 이용하기 때문에 몸무게 100kg과 50kg도 함께 할 수 있습니다. 확실히 어떤 운동을 하건 준비운동으로는 최고입니다. 서로 등을 나누기 위해서는 전폭적으로 믿고 의지해야 합니다. 믿지 않고, 몸을 맡기지 않으면 당장에 균형을 잃어 고꾸라지기 쉽습니다. 그리고 나를 믿고 몸을 맡겨주는 상대의 신뢰를 저버리지 않기 위해 최선을 다해 집중해야 합니다.

등배지기는 등을 서로 나누는 동시에 실은 마음을 함께하는 일이기도 합니다. 그래서 여자냐 남자냐, 몸집이 큰가 작은가의 차이를 떠나 어느 누구와도 할 수 있지요. 믿음과 약간의 요령만 있다면 말입니다.

점점 세상을 믿을 수 없다고 많이들 한탄합니다. 저라고 예외는 아닙니다. 친구한테 배신도 당하고 회사에서 사고도 겪어봤습니다. 한때는 세상 사람들이 다 도둑놈 같아 보일 때도 있었습니다.

그런데 가만히 생각해보면 믿지 못하고 사는 세상살이와 그래도 믿고 의지하고, 마음을 나누면서 사는 세상은 분명 다를 수밖에 없습니다. 우선 외로움에서 큰 차이가 있을 테니까요. 벌써 '사는 게 이런 것이다, 저런 것이다' 함부로 읊고 싶은 마음은 없습니다. 그렇지만 마음을 내어주고 나누는 일로 이전보다 조금 더 따스해질 수 있다는 것만은 알고 있습니다.

어느덧 보통 사람을 위한 잡지 《샘터》를 통해 마음 나누기를 해온 게 햇수로 23년이 넘어갑니다. 이 책의 글들은 그동안 제가 《샘터》 지면을 통해 독자분들과 나누었던 마음 등배지기의 흔적들입니다. 그 흔적 속에서 세상은 참 살 만하다는 것, 어렵더라도 누군가를 믿고 마음을 나눴을 때 훨씬 더 기쁘고 즐겁게 살 수 있음이 전해지길 바라봅니다. 마치 등배지기로 서로 마음을 나누듯 말입니다.

Part 1

인생은 마라톤이라는데 한번 뛰어봐?

"인생은 마라톤이다." 아버지께 이 말씀을 귀에 못이 박이게 듣기 시작한 건 중학교 1학년 때부터였습니다. 눈앞의 이익만을 좇지 말고 인생을 길게 내다보면서, 한 발 한 발 자신의 걸음을 찾으라는 뜻이겠지요. 그렇지만 정작 그 깊은 뜻을 이해하게 된 것은 30년의 세월이 지나서입니다.

지난주에 난생처음으로 42.195km 마라톤 풀코스를 완주했습니다. '그래도 인생이 마라톤이라는데, 실제로 한번 뛰어보지도 않고 어떻게 알 수 있겠나' 하는 막연한 호기심에 덜컥, 도전장을 내고 만 것입니다. 그렇지만 당일 아침까지도 과연 내가 해낼 수 있을까, 저 자신을 의심했던 게 사실입니다.

어쨌든 출발 신호는 떨어졌습니다. 전 첫발을 내디디면서 결

심했습니다. '무리하지 말자. 내 페이스를 지키자. 남의 걸음을 흉내 내지 말고 나만의 호흡, 리듬을 찾자.' 그렇지만 막상 뛰면서는 수많은 유혹이 함께했습니다. '저 여자보다, 저 뚱뚱한 사람보다는 잘 뛰어야지' 하는 남과의 비교, 어느 정도 탄력이 붙기 시작하자 '세 시간대에 들어와 자랑해야지' 하는 자만심, 체력이 바닥을 보이면서는 '내가 왜 이 힘든 고생을 사서 하나' 하는 자신과의 타협까지…. 종아리를 거쳐 허벅지까지 쥐가 나기 시작하자 '포기하라'는 내 안의 소리가 극에 달해갔습니다. 그래도 전 결국 다리를 질질 끌며 골인 지점에 도착했습니다. 그 순간 저도 모르게 울컥, 뜨거운 눈물이 솟더군요.

풀코스를 완주하고 난 지금, 마라톤에 대해서 전에는 잘 몰랐던 두 가지 사실을 알게 되었습니다. 한 가지는 '역시 인생은 마라톤'이란 것이고, 두 번째는 흔히 말하듯 마라톤은 '자신과의 싸움'이 아니라 자신을 보다 사랑하는 과정을 배우는 운동이란 것입니다. 그렇지만 한 가지 풀리지 않는 의문은 그대로 남아 있습니다. 나는 지금, 내 인생의 마라톤에서 어느 지점을 통과하고 있는가 하는 것 말입니다. 2003

좋은 선배가 되고 싶습니다

3월이 되면 학교의 주인공은 신입생들로 바뀝니다. 회사는 회사대로 사회 초년생인 초짜들로 새로운 활기가 솟아납니다. 호기심과 긴장 어린 눈초리는 생기 그 자체입니다.

누구나 초짜 시절이 있습니다. 저 자신도 예외는 아니지요. 상사의 커피 심부름에 이력이 나고, 선배한테 듣는 "이따위밖에 못하냐?"는 꾸중도 어느새 한쪽 귀로 흘리기 시작합니다. 그때가 바로 초짜의 '때'가 한풀 벗겨지는 순간이지요. 빨리 벗어나고만 싶었던 그 시절이 지금은 무척 그립습니다. 아마도 젊음, 열정, 순진, 순수…. 이런 '처음의 마음' 때문이 아닐까요.

열이면 아홉, 선배들은 초짜들에게 매일매일 자신의 실천과는 거리가 먼 교육을 하려고 합니다. '인사를 잘해야 한다', '전화를 잘 받아야 한다', '책상 정리를 잘해야 한다' 등등. 돌아보면 직장을 여러 군데 옮겼어도 지금까지 만나거나 보고 싶은 선배들은 따로 있는 것 같습니다. 밥이나 술을 잘 사주던 선배는 아닙니다. 상사한테 어떻게 하면 잘 보일까 애쓰는 아부형 선배도 아닐 것입니다. "이건 이래서 안 되고, 저건 저래서 안 된다"며 후배들을 동굴 안으로 몰아넣으려고만 하는 '포기형' 선배는 더더욱 아니겠지요. 무릇 좋은 선배란 후배들에게 모범이 되는, 롤 모델이 되는 이일 것입니다.

제가 존경하는 선배 한 분이 계십니다. 그분은 늘 임제(林悌)* 선사가 남긴 '수처작주 입처개진(隨處作主 立處皆眞)'을 인생의 모토로 생각하고 실천하는 분입니다. '어느 곳에 가든 그곳의 주인이 돼라'는, 강철 같은 힘을 느끼게 하는 그 말을 제 가슴에 심어준 선배가 있다는 게 저로선 행운이 아닐 수 없습니다. 저도 그런 선배를 본받아 지금부터라도 좋은 선배가 되고 싶습니다.

---

* 조선 중기 당대 문장가로 명성을 떨친 시인 겸 문신(1549~1587). 황진이 무덤을 지나며 읊은 '청초 우거진 골에…'로 시작하는 시조를 쓴 걸로 유명하다.

행복이 무엇인지 왜 답하지 못할까요

〰️

"행복이 뭐지요?"

갑자기 이런 질문을 받으면 대부분 주저하며 고민에 빠집니다. 또 "성공은 무엇인가요?"라는 질문에도 비슷한 반응들을 보입니다. 그런데 이상하게 불행에 대해 물어보면 거의 예외 없이 대답이 줄줄 나옵니다. 부모님이 돌아가시는 것, 사업에 실패하는 것, 자식이 안 좋게 되는 것 등등. 성공의 반대격인 실패가 무엇인지에 대한 대답 역시 무수히 많습니다.

행복이나 성공에 대해 무슨 수학 문제처럼 딱 한 가지 해답을 얻고자 하는 것은 물론 아닙니다. 하지만 누구나 이 세상에 태어나 행복이나 성공을 추구하며 살아가는 것만은 분명한데, 정작 자신에게 행복, 성공이 무엇인지를 확실하게 대답하지 못하는 이유는 무엇일까요.

저는 그 이유가 욕심이 많기 때문이라고 봅니다. 하나를 얻으려면 반드시 하나를 포기해야 한다는 사실을 깨닫지 못하기 때문에 답을 얻기가 어려워지기 시작합니다. 통장에 엄청난 돈도 있어야 하고 가족, 육체, 정신의 가치를 보관하는 금고도 꽉꽉 채워지길 바랍니다. 하지만 얻는 것이 있으면 잃는 것도 있게 마련인 이 세상에서, 더 많은 것을 계속해서, 끊임없이 얻을 수 있다고 믿는다면 그건 불행의 시작일 것입니다. 꿈이나 이상은 늘 현실을 직시할 때 좁은 문을 살짝 열어줍니다.

자, 그럼 이제 대답할 준비가 되었습니까. 당신에게 행복은 무엇이지요?

당신은 평범한 사람인가요?

〉
〉
〉
〉

　평범한 사람들의 행복을 위한 교양지. 1970년 월간지《샘터》가 처음 세상에 나온 이유입니다. 저마다 타고난 재주도 다르고 모양새도 다른 사람들이 한평생 살아가는 모습은 분명 다릅니다. 그 많은 사람 중 과연 누구를 평범한 사람이라 할 수 있을까요? 20·30평대 아파트에 사는 샐러리맨이나 자영업자? 아이가 하나나 둘인 가정을 꾸리고 있는 사람? 그렇다면 이 글을 쓰고 있는 나 자신은 평범한 사람일까? 과연 행복은 무엇이며 나는 지금 행복한가?

　여태껏 이런 의문들이 꼬리에 꼬리를 잇는 걸 보면 스스로《샘터》발행인으로서 자격이 있는지 자책하게 됩니다. '평범한 사람들이란 이러한 사람들이고 행복하기 위해서는 이런 것들

을 해야 하니까 우리《샘터》기자들은 이렇게 기사를 쓰고 책을
만들어야 한다'는 원칙을 분명히 제시할 수 있어야 하는 건 아
닌지….

이런 생각에 빠져 오늘도 산에 올랐습니다. 그리고 바위에 누
워 하늘을 바라보았습니다. 문득 요즘 몸이 편찮은 화가 김점선*
선생이 생각났고, 이어 최근 제 주변에서 큰 병으로 고생하는 분
들, 이미 고인이 되신 분들이 한 분씩 떠올랐습니다. '그분들이
지금 여기에 있다면 무슨 생각을 할까?'

늦은 봄이긴 해도 파릇파릇한 새순이 눈에 띄었습니다. 그새
꽃은 다 졌지만 열매 맺을 준비를 하는 산수유도 눈에 들어왔
습니다. 지난겨울, 가뭄으로 고생했던 버들치들의 몸매가 제법
굵어 보였습니다. 짝을 찾기 위해 나뭇가지 위에서 목청을 가다
듬는 새들, 춤추듯 시원한 바람을 일으키는 시냇물.

'맞다. 지금 내가 보고 있는, 느끼고 있는 이 모습들을 그분들
은 얼마나 보고 느끼고 싶을까. 이제 다시는 볼 수 없을까 봐 얼

---

* 서양화가(1946~2009). 자유롭고 파격적인 화풍으로 데뷔, 1970년대부터 왕성한 활
동을 펼쳤다. 최인호, 박완서 작가의 책에 삽화를 그리는 등 문화·예술인과의 우정도
깊었다.

마나 안타까울지.'

걷고 듣고 보고 숨을 쉴 수 있는 것만으로도 얼마나 행복한 일인가요. 이 순간, 그 자체가 완벽한 행복이 아닐까요. 평범이란 결국 어떤 조건이 아니라, 우리가 자꾸만 잊고 살게 되는 행복의 또 다른 이름은 아닐까요. 2007

미리 걱정하고 불안해하지 않는다면

국립외교원은 2017 정유년을 '초불확실성의 시대'로 전망했습니다. '불확실'이란 단어만으로는 부족해서 거기에 '초'라는 극단의 표현까지 더했으니 얼마나 불안했으면 그랬을까 하는 생각이 듭니다.

좌고우면(左顧右眄). 불안에 빠지면 이쪽저쪽을 돌아보고 재봐도 뾰족한 답이 나오질 않습니다. 그럼 이런 난세에 '평범한 우리'가 할 수 있는 건 전혀 없을까요?

저는 우선 너무 자신만의 생각에 빠져 휘둘리지 말아야 한다고 봅니다. 다시 말해 감정 자체를 찬찬히 관찰하기보다 생각 속에 빠져서 미리 걱정하고, 자신을 다른 사람과 비교하려는 조급함을 경계해야 하겠지요. 자기 생각에 갇혀 불안해하다 보면 무엇이 불안하게 하는지조차 모른 채 불안해하는 현상만 남게 됩니다.

심리학자들은 결과에 대해 쉽게 평가를 내리려는 마음, 옳고 그름을 강하게 따지려고 하는 행동이 모두 불안하고 우울한 감정을 일으킨다고 말합니다. 우울하면 우울한 생각이 더 많아지고 불안한 감정만 머릿속에 꽉 차게 된다는 것이지요.

그럴수록 미리 걱정하고 불안해하지 말아야 합니다. 물론 쉽지는 않을 것입니다. 그래도 자신의 감정을 정확하게 관찰하고 이해해야 감정이 솟구쳐 가드레일과 부딪치는 우(愚)를 피할 수 있습니다.

'모두가 다 흔들리고 있을 때 흔들리지 않는 나.' 이것이야말로 불확실한 시대를 건너는 최고의 경쟁력일 것입니다. 2017

멋진 주례사를 쓴답시고

)))))))

　어처구니없는 일이 생겼습니다. 이제 40대 초반밖에 안 된 제가 주례를 서게 된 것입니다. 신랑은 전에 근무하던 직장에서 형, 동생 하며 친하게 지낸 후배인데, 언젠가 술자리에서 지나가는 말로 "그래그래, 좋은 여자나 만나라, 그럼 내가…"라고 약속한 게 화근이 됐습니다.

　글쎄, 얼마 전 그 후배 놈이 봄 닭처럼 들뜬 채 동백꽃같이 예쁜 각시를 데리고 날 찾아왔지 뭡니까. "부탁합니다, 선배." 애원하는 통에 차마 거절할 수가 없었지요.

　결국 주례를 맡기로 결심은 했지만, 그때부터 도통 소화가 안 될 정도로 고민에 빠졌습니다. 친구 어머니 칠순 잔치 사회도 아니고 남의 일생일대의 중대하고 거룩한 결혼식을 주관하고,

더구나 인생 경험이 일천한 제가 삶의 충고나 지혜가 담긴 주례사를 해야 한다고 생각하니….

아무리 생각해도 이건 장난이 아니었습니다. 지금 이 글을 쓰면서도 주례사는 아직 머리에 떠오르지 않습니다. 멋진 주례사를 쓴답시고 하루아침에 도덕군자가 된 양, 얼굴에 철판을 두를 수는 없는 노릇 아닙니까.

다만 후배에게 점점 감사하는 마음이 생기고 있음을 느낍니다. 저의 지난 결혼 생활과 사랑에 대하여 진지하게 돌이켜보는 계기가 됐기 때문입니다. 내가 남의 결혼식을 주관할 자격이 있는가. 결혼 17년 동안 아내를 진심으로 사랑했는가. 한 점 부끄러움도 없는가.

제 앞에서 한 쌍의 부부가 하게 될 신성한 언약, 그건 두 사람만의 약속이 아니라 주례를 서는 저 자신에게 외치는 약속의 메아리가 될 것입니다.

"나는 진실로 아내를 사랑하는가?" 2003

당신의 인생에서 무엇이 가장 중요합니까?

부모님을 모시고 여름휴가를 다녀왔습니다. 큰마음 먹고 고2짜리 아들놈도 데리고 갔지요. 할아버지, 아버지, 아들 이렇게 삼대가 함께하는 여행을 더 늦기 전에 꼭 한번 해보고 싶었습니다.

모처럼 떠나는 김에 좀 색다른 곳으로 정했습니다. TV가 없고 휴대전화도 안 되는 곳. 기계 소음이 전혀 없고 운이 좋으면 수많은 별과 은하수까지 볼 수 있는 곳. 그래서 연로하신 부모님을 모시고 가기엔 조금 무리라는 것을 알면서도 그런 조건을 두루 갖춘 몽골의 흐브스글(Khövsgöl)이란 휴양지로 향했습니다.

역시 무지한 인간의 손때가 덜 묻은 흐브스글은 우리에게 기대 이상의 만족감을 줬습니다. 벌써 초가을 냄새가 나는 초원엔

메뚜기 떼의 윙윙거리는 날갯짓이 유일한 소음처럼 들렸습니다. 파랑, 빨강, 노랑…. 들판에 핀 수천수만의 야생화는 우리 삼 대의 마음을 원색으로 물들이기에 충분했지요. 입을 딱 벌리지 않을 수 없는 은하수와 간간이 떨어지는 별똥별을 바라보는 어머니의 눈빛에선 더 이상 나이를 찾을 수 없었습니다.

2박의 짧은 기간이었지만 나이와 세대를 완전히 잊게 만든 충만한 휴식 시간이었지요.

언젠가 만난 일본의 한 철학자가 청중들에게 던진 질문이 생각납니다. "당신의 인생에서 무엇이 가장 중요합니까?" 그땐 속으로 주저주저했던 제가, 이번 여행을 통해 분명히 대답을 할 수 있을 것 같습니다. "그건 바로 추억, 아름다운 추억"이라고. 돌아오는 길, 아버지가 모자에 꽂은 이름 모를 노란 야생화가 그 증거일 것 같아 사진을 찍었습니다. 2004

세상의 바람과 싸우려 하지 마

가끔 전혀 예상치 못한 곳에서 우연히 해법을 얻게 되는 경우가 있습니다. 도대체 어떻게 해야 실타래처럼 꼬인 현재 상황을 잘 풀어낼 수 있을까? 그럴 때 수령이 천 년이 훌쩍 넘은 경기도 양평 용문사의 은행나무를 물끄러미 바라보면 갑자기 가슴이 울컥거립니다. 그리고 한없이 존경스럽다는 생각까지 듭니다. 스스로 움직일 수 없는 존재이지만 우리의 아버지, 아버지의 할아버지보다 훨씬 더 오래 살아왔다는 그 사실만으로도 자연히 머리를 숙이게 되지요.

태어나 싸우고 지치고 병들어 죽어가는 우리 인간들의 한계와는 전혀 다른 세계를 살아가는 '오래된 나무'는 실로 거대하지만 고요합니다. 그 말 없음이 주는 위로와 에너지는 세월만큼

깊고 넓습니다. 지금껏 수백 번의 태풍과 비바람을 이겨냈을 그 나무는 저에게 조용히 이런 얘기를 해주는 듯합니다.

"세상의 바람과 싸우려 하지 마. 꽃과 씨앗을 만드는 것은 우리지만 그걸 어디에 적당히 떨어뜨리고 자라게 하는 것은 순전히 바람과 흙과 비의 몫이지."

모순과 악담으로 가득 찬 이 세상을 투사처럼 확 뒤바꿔버리고 싶다가도 나무와 바람이 들려주는 소리에 마음은 다시 고요해집니다. 그리고 다시 한번 세상의 진리, 순리는 여전히 바람처럼 흘러올 것이라는 믿음을 갖게 됩니다.

그저 씨앗 하나를 잘 심고 가꾸면

"어머니가 계신 그곳은 따뜻하십니까?"

할머니 산소에서, 정종 한 잔을 올리며 아버지께서 하신 첫마디가 며칠째 귀에 맴돌고 있습니다. 이곳은 이렇게 추운데, 생전 몸에 열이 많아 속옷조차 거추장스러워하셨던 할머니가 '그곳'에선 매일 편하게 수영복만 입고 계실까? 돌아가신 지 16년이 지났건만 할머니의 쉰 목소리와 따뜻한 가슴의 촉감은 그대로 제 귀에, 손에 남아 있습니다. 그뿐만 아닙니다. 학교 문턱도 밟지 못했던 평안도 할머니는 가끔 이런저런 훈수를 두셨지요.

"별통스럽게 살지 말라우(남들과 티 나게 달리 살지 마라)."

"누가 서저 주는 줄 아니(세상에 공짜는 없다)?"

스무 살에 아들 하나 낳고, 남편 없이 공장 일, 시장 일을 마다하지 않고 오로지 자식 잘 키우겠다는 일념으로 75년을 살다 돌아가신 할머니의 유언 중 제 기억에 남은 것은 그 두 마디입니다. 아니 그 아들이 아들을 넷이나 낳고, 그 아들들이 또 자손을 낳아 지금은 증손자를 안고 흐뭇해하는 우리 가족 모두가 할머니의 훌륭한 유산이겠지요.

얼마 전 소설가 고 박완서*선생님의 3주기 미사가 있었습니다. 선생님이 사셨던 경기도 구리의 집에 가족과 지인들이 모였습니다. 처음엔 고인을 기리며 다소 엄숙한 얘기들이 오갔지만 그것도 잠시, 농담을 나누며 한바탕 웃는 자리로 바뀌었습니다. 우리를 환한 미소로 내려다보는 박 선생님의 영정도 이런 말씀을 하실 것 같았습니다. "내가 참 고운 죽음을 가졌구나. 죽어서도 이렇게 함께 웃으니 축복이지."

삶의 흔적은 자기 스스로 남기는 것이 아닌 듯합니다. 거창한 유산이나 유언이 아니라, 누군가의 기억 속에 남아 시간이 흐르

---

* 소설가(1931~2011). 40대 늦깎이에 작가가 된 것이 무색할 정도로 다작을 남겼다. 《엄마의 말뚝》, 《그 많던 싱아는 누가 다 먹었을까》, 《미망》 등 따뜻하고 섬세한 책을 주로 썼다.

면서 자연히 드러나는 것 아닐까요. 우리는 그저 자신의 자리에서 씨앗 하나를 잘 심고 가꾸면 될 것입니다. 후손들이 좋게 기억해주면 덤으로 고마운 일이겠지요. 2014

허락 없이 그냥 앉아보는 것이지요

가끔 휴일에 혼자 회사에 나올 때가 있습니다. 겉으로는 밀린 업무를 처리하기 위함이라지만 실은 홀로 음악을 듣거나 커피 한 잔을 달콤하게 마시며 책을 읽을 수 있는, 나만의 시간을 갖기 위함이지요. '홀로 사는 즐거움'을 만끽할 수 있는 이런 귀중한 시간에 언제부턴가 '새로운 즐거움'을 하나 더 보태게 됐습니다.

남의 자리에 앉아보기! 평소 무심히 마주치거나 지나쳐버리게 되는 회사 식구들의 자리에 '허락 없이' 그냥 앉아보는 것이지요(물론 서랍을 뒤지거나 책상에 놓인 물건을 만지는 일은 절대 없습니다. 맹세코!). 그러면 그 자리의 '주인'과 평소 못 했던 많은 대화를 나누게 됩니다.

'무슨 일이 있어서 커피 잔을 치우지도 못하고 급하게 퇴근했을까. 책상에 군것질거리가 이렇게나 많이 있으니 살이 찔 수밖에…. 이 친구는 주위가 많이 오픈되어 있어 산만할 수밖에 없겠군. 조명이 너무 어두워 야근할 때 눈이 피로하겠어. 의자가 의외로 편하지 않아. 창문에 붙어 있어서 이 자리는 유독 겨울에 춥겠어.'

그런 생각을 하다 보면 이상하게 한 사람 한 사람의 목소리가 들리고 책상 전화기의 벨이 울리는 듯한 착각에 빠지기도 합니다. 때론 부장의 호통 소리도 들리지요. 그러면서 순간 그 식구들이 당장 보고 싶어집니다(그 친구들은 사실 사장이 별로 보고 싶지 않겠지만…). 일 때문이겠지만 그래도 어떤 인연으로 하루 절반 가까운 시간을 함께 보내게 되는 귀중한 사람들. 평소엔 느끼지 못했던 그런 마음을 정작 주인이 없는 빈자리에 앉고 나서야 깨닫게 되는 이유가 뭘까요?

'역지사지(易地思之)'란 말이 있습니다. 상대방의 입장에서 한번 생각해보란 뜻이지요. 가정이든 회사든 어디든 갈등이 없는 곳은 없습니다. 물론 갈등의 원인이 분명히 있겠지요. 그런데 그 갈등을 수술만으로 치유할 순 없는 것 같습니다. 남의 자리에 앉아보는 마음, 역지사지의 마음이 좋은 약이 될 수도 있지 않겠나 하는 생각을 오늘처럼 조용한 휴일에 홀로 사무실에 앉아 떠올립니다.

모두 다 버려도 너 자신만은

아버지 손에 이끌려 어른들께 세배하러 다니기 시작한 게 초등학교 5학년 때부터였습니다. 그 어른들 중 한 분이 피천득*

선생님이셨지요. 선생님은 당시 어린 제 눈에도 좀 특이하게 보였습니다. 다른 분들은 모두 "새해 건강하십시오"라고 절을 드리면 1천 원, 5천 원 세뱃돈을 주셨는데, 피 선생님만큼은 유독 초콜릿이나 예쁜 양말 같은 것들을 주셨습니다.

지금 생각하면 그때 선생님은 가난했습니다. 초라한 서울 망원동 집에서 사모님과 단 두 분이 연탄불을 때고 사실 때였지요. 아마도 아이들에게 줄 세뱃돈이 없으셨던 게 아닌가 생각됩

---

* 시인 겸 수필가, 영문학자(1910~2007). 〈인연〉, 〈수필〉, 〈은전 한 닢〉 등은 국내 수필의 정수로 평가받는다.

니다. 여하튼 이상하게도 전 선생님께서 주신 그런 선물이 돈보다 훨씬 좋았습니다. 뭔가 더 친근한 것 같기도 하고, 특별하고 정겹기까지 하고…. 그때부터 전 외국에 나가 있던 몇 년을 제외하고는 지금껏 빠짐없이 피 선생님께 세배를 드리러 갔습니다. 당시 찾아뵙던 어른들은 모두 돌아가셨지만, 올해로 연세가 아흔여덟이신 선생님은 다행히 건승하셔서 새해 첫날, 제 자식놈들도 데리고 갑니다. 삼대에 걸쳐 선생님께 세배 드리러 가는 것 자체가 참으로 큰 기쁨이고, 좋은 인연이 아닐 수 없습니다.

"가진 것은 모두 다 버려도 너 자신만은 버리지 마라."
"무슨 일을 하든지 보편적인 상식을 갖되, 한 분야에
대해선 전문가가 되라."

머리가 굵어지고 나서 세뱃돈 대신 피 선생님께 들은 새해 덕담들입니다. 이 말씀이 삶의 지표가 됐지요. 욕심 같아선 제 자식들, 또 그 자식의 자식들까지 가슴에 새겼으면 하는 바람입니다. 인연은 우연히 찾아오지만 그걸 오래 가꾸고 이어가는 것은 전혀 우연이 아니겠지요. 2007

절대 늦었다고 생각하지 않거든

)
)
)
)
)

제 큰아들 지원이는 18세, 고등학교 2학년입니다. 여러 가지 이유로 남들처럼 요란하게 과외나 학원을 보내지 않고 있습니다.

어느 날 저녁….

"아빠, 걱정되지 않아?"

"뭐가?"

"남들은 학원 보낸다, 비싼 과외 시킨다고 난리인데…."

"글쎄, 그게 왜 내가 걱정해야 할 문제니? 네가 걱정할 문제지. 너도 내가 다른 부모처럼 매일 왜 공부 안 하느냐? 왜 학원 안 가느냐? 잔소리했으면 좋겠니?"

"…그건 그래. 지금이 낫겠어."

말은 그렇게 했지만 내심 걱정이 안 될 수가 없지요. 제가 무슨 남달리 배짱이 두둑하거나 아이들 교육에 특별한 철학이 있는 것도 아니고. 하지만 저 자신이 그러하듯 남에게 끌려다니는 인생을 아들에게 강요하긴 싫었습니다.

며칠 전 지원이 생일이었습니다. 모처럼 초콜릿 선물과 함께 편지 한 장을 썼지요.

점점 친구처럼 느껴지는 아들 지원아! 아빠는 지원이가 자신이 좋아하는 인생을 살았으면 해. 남이 잘한다는 일 말고, 자신이 정말 하고 싶은 것을 찾아서, 보람을 느껴가면서 할 수 있는 일. 앞으로 10년, 스물여덟이 될 때까지 네가 과연 무엇을 좋아하는지 열심히 찾아보는 시간을 가지면 어떨까. 아빠도 사십이 넘어서야 그걸 알게 됐는데, 인생이 완전히 다르다는 것을 느껴. 그리고 절대 지금이 늦었다고 생각하지 않거든.

편지를 받아본 지원이는 여태껏 그것에 대해 아무런 대꾸도 없습니다. 그렇지만 친구인 아빠는 알지요. 지원이가 나를 바라보는 눈빛만 봐도…. 2004

이 순간의 정직한 나

제 사무실 책상 곁에는 '나'가 저 말고 둘이 더 있습니다.

하나는 제 얼굴에 석고 가루를 묻혀 본을 뜬 데스마스크 (death mask)이고, 또 하나는 거울을 보지 않고 그린 제 자화상입니다. 어느 모임에서 만든 작품들(?)인데, 저는 우선 데스마스크가 완성됐을 때 큰 충격을 받았습니다.

'아, 내 얼굴이 이런가. 지금 당장 죽으면 이 모습으로 묻히게 되는가.'

늘 봐왔던 거울 속의 '나'와 데스마스크는 전혀 달랐기 때문이지요. 그 충격은 자화상을 그리면서 그대로 이어졌습니다.

'그래, 40대 이후의 얼굴은 자신이 책임진다는데… 그렇지만 남에게 보여지고 싶은 '나'가 아니라 이 순간의 '나'를 정직하게

그려보자.'

그래서 나온 게 잔뜩 찌푸려진 당시의 제 얼굴입니다.

전 누구에게도 아닌 나 자신에게 솔직한 인생을 만들고 싶습니다. 그래서 언제 어느 때 무슨 일이 있어도 후회하지 않을 '나'를 찾아보고 싶습니다. 그게 제 초심입니다.

그런데 사실 그게 얼마나 어려운 얘기입니까. 아마 세상에서 가장 힘든 일일지도 모르지요.

너무 큰 제 욕심을 말씀드린 것은 아닌지요?

희망이 왔습니다

)
)
)
)
)

    피천득 선생님은 살아 계실 때 성당에 자주 가시질 않았습니다. 프란체스코라는 영세명도 갖고 계셨지만, 신과 관련해선 조금은 애매한 말씀을 하셨지요.

    "솔직히 하루에도 몇 번씩 하느님의 존재를 믿기도 했다가 안 믿기도 해요. 갓난아기를 바라볼 때나, 이른 봄 나뭇가지에 파릇한 새순이 돋는 것을 볼 때는 '아, 이게 신의 사랑이구나!' 싶다가도, 악한 것을 보면 신의 존재에 회의를 느끼게 되지요."

    그런데 제가 요즘 똑같습니다(제 영세명도 우연히 피 선생님과 같은 프란체스코입니다). 볼수록 세상은 너무나 이상하게 돌아가는 것 같습니다. 부모가 자신이 낳은 자식을 처참히 죽이고, 종교라는 이름으로 보복과 살생을 거듭합니다. 길거리에선 사람에 대한 따뜻한 눈길 대신 무관심과 두려움이 더 강하게 느껴집니다.

'신은 지금의 인간을 어떻게 바라볼까. 과연 신이 있다면 어떤 대안을 갖고 있는 걸까.'

매일매일 인생에 어떤 의미가 있을까를 찾는 게 종교라고 했지요. 인생에 아무 의미가 없다고 판단된다면 '종교는 없다'고 쉽게 결론을 내릴 수 있을 것입니다. 하지만 큰 의미는 접어두고라도, 우리 주변에서 아주 사소한 변화를 관찰하다 보면 거기에서 종교의 의미를 작게나마 찾아볼 수 있습니다.

신기합니다. 온갖 세상사로 골머리가 아프다가도 혼자 앞산의 계곡을 따라 조용히 산길을 오르다 보면 어느새 '존재'를 느끼기 시작합니다. 살아 있는 생명의 소리와 빛깔, 봄의 숨소리! 죽은 듯 얼었던 대지에는 벌써 촉촉한 물기가 느껴집니다. 녹색의 이끼가 낀 바위와 산벚나무는 물기운을 절반쯤 머금었고요. 혹독한 겨울은 저만치 멀어졌고, 가슴 달뜨는 봄, 봄, 봄입니다.

희망이 왔습니다. 신의 모습은 어디에도 보이질 않습니다. 그런데 분명히 느낄 수 있습니다. 내 곁에 아주 가까이 있다는 것을….

세상살이 퍽퍽할 땐 산으로

}

　요즘 세상살이가 퍽퍽하다고 합니다. 저도 요사이 부쩍 제 뜻대로 되는 일이 없어 골머리를 앓을 때가 많습니다. 이럴 때 전 산에 갑니다. 아니, 사실 꼭 머릿속이 복잡할 때만 가는 것은 아닙니다. 일주일에 네댓 번씩 산에 오른 지가 벌써 4년이 됩니다. 처음엔 비가 오면 "비 맞을 일 있나. 내일 가지", 눈이 오면 "감기나 들지" 하던 것이 지금은 비가 오나 눈이 오나 안 가면 꼭 아침 식사를 거른 기분까지 듭니다. 그렇다고 지리산이나 설악산처럼 높은 산에 가는 것도 아닙니다. 그저 동네 뒷산 정도인데, 그게 제 사는 맛을 싹 달라지게 했습니다.

　산은 우선 싫증이 나질 않습니다. 지금껏 똑같은 코스를 봄, 여름, 가을, 겨울 4년째 걸었어도 한 번도 그 느낌이 같아본 적이 없습니다. 나무마다 매일 초록빛도 다르고, 계곡 물소리도 다릅니다. 제가 누워 하늘을 마주할 수 있게 해주는 그 넉넉한 바위도 날에 따라 체감이 다릅니다.

또 산에 오르면 제가 얼마나 복 받은 놈인지 다시 확인하게 됩니다. 두 다리가 멀쩡해서 이렇게 높은 데 올라올 수 있고, 두 눈, 두 귀가 있어 이 아름다운 풍경을 보고 들을 수 있고, 또 코가 있어 계절의 변화를 눈 감아도 알 수 있으니 말입니다. 언젠가는 다람쥐와 10분 동안 눈 맞추고 놀아본 적도 있습니다.

이렇게 한 시간가량 산에 올라갔다 내려오면 가슴은 뻥 뚫리고 머릿속으로는 휑하니 바람이 붑니다. 그런 저 자신이 좋아서, 감사해서 눈물이 찔끔 날 때도 있습니다. 그런데… 참 모를 일입니다. 한창 물이 오른 '산 약발(?)'이 점심쯤 지나면서 줄어들기 시작해 저녁 퇴근 무렵이면 슬그머니 사라져버린다는 것입니다. 무엇을 감사해야 하는지, 내가 얼마나 행복한지를 잊고, 그저 남 탓만 하는 팍팍한 자신으로 돌아오니 말입니다. 도대체 언제나 제 마음의 돌은 반들반들 닦여질지…. 아마 영원히 불가능할지도 모르지요. 그래도… 오늘처럼 내일도 전 산에 오르렵니다, 희망을 갖고.

사막에서 얻은 선물

몽골의 고비 사막에 갔다 왔습니다.

"우리 모래사막 한가운데 누워 은하수를 바라볼까." 평소 존경하는 신부님의 유혹에 그만, 훌쩍 떠나고 말았습니다.

"사막이 아름다운 건 어딘가에 샘을 감추고 있기 때문이지." 어린 왕자가 얘기했던 바로 그 사막으로, 그리고 그 샘물을 찾아서.

그저 모래와 바람만 있을 것으로 예상했던 사막엔 너무나 신기한 것들로 가득했습니다. 끝없이 이어진 지평선과 길 없는 길을 무심히 걷는 낙타 떼, 멀리 호수처럼 반짝여 우리 눈을 헷갈리게 만드는 신기루, 모래 둔덕 위에 떠오른 반달, 동쪽에서 서쪽 하늘로 가득 흩뿌려진 은하수, 하늘과 맞닿은 지평선에서 솟아오르는 태양….

자연의 신비는 사막에서 보낸 이틀 내내 절 감동으로 이끌었습니다. 눈이 너무 축복을 받아서일까요. 이처럼 '보여지는 것'에 대한 감탄사를 연발하면서 한편 '보이지 않는 것'에 대해 생각해보기 시작했습니다. 보여지는 모든 것이 존재하는 것이 아니듯, 보이지 않는다고 없는 것도 아니라는 생각을 해보게 됐습니다.

내가 가졌다고 착각하는 것들, 그리고 내게는 없다고 절망하는 것들, 그 뒤편엔 정말 나만의 소중한 그 무엇이 있는 게 아닐까요. 사랑과 외로움처럼….

"가장 중요한 건 눈에 보이지 않는단다."

꼭 어린 왕자의 말을 다시 빌리지 않더라도 말입니다.

믿지 않고 어떻게 일을 해나갈 수 있겠니?

5년 전으로 거슬러 올라갑니다. 그해 봄에 회사가 참으로 어려웠습니다. IMF 외환 위기가 끝나가던 시기라 경기도 바닥이었고 게다가 회사에 큰 '사고'까지 났습니다. 20년 넘게 믿고 믿었던 경리 담당자가 회삿돈을 크게 빼돌려 주식 투기로 탕진한 것입니다.

취임한 지 얼마 안 되는 햇병아리 사장인 저는 매일 거래처에서 돌아오는 어음과 독촉 전화에 시달려야 했고 "혹시 퇴직금도 받지 못하는 게 아닌가" 하고 걱정하는 일부 직원들의 동요를 무마시키느라 정신이 없었습니다. 그렇지만 무엇보다 절 고통스럽게 만든 것은 바로 '믿음'이 깨졌다는 사실이었습니다.

용서할 수 없었습니다. 밤에 자다가도 가슴이 벌렁벌렁거려서 깨어나고, 이불은 땀에 흥건히 젖기 일쑤였습니다. "도대체 왜 이런 일이…. 정말 이럴 수가 있어? 나쁜 놈!"

몇 날 며칠을 그런 충격 속에 파묻혀 있었는지 모릅니다. 심지어는 모든 사람이 날 속이고 있는 게 아닌가 하는 불안감마저 들기 시작했지요.

그때 아버지께서 해주신 말씀을 결코 잊지 못합니다.

"그래도 믿어야지. 믿지 않고 어떻게 일을 해나갈 수 있겠니?"

아버지의 그 말씀이 아니었다면, 자칫 '믿음'의 반대편에 있는 '불신'에 온몸과 마음을 빼앗길 뻔했습니다. 만약 그랬더라면 그 후 지금처럼 회사가 정상으로 돌아올 수도 없었을 테고, 무엇보다 회사 식구들의 귀중하고 합일된 마음을 잃었을지도 모릅니다.

제가 갑자기 지난 이야기를 꺼낸 데에는 이유가 있습니다. 얼마 전, 그때의 사고를 법적으로 일단락 짓게 됐거든요. 그러면서 다시 한번 그 사건이 준 교훈을 되새기게 되었습니다.

믿음과 불신의 갈림길에서 고민하는 분들에게 조금이라도 도움이 됐으면 하는 생각에서 이 글을 올립니다. 2004

그저 제일 좋았던 것 같아

큰아들 지원이가 아빠, 엄마에게 큰 선물(?)을 준 날은 지난 크리스마스였습니다. 녀석은 친구들과 술을 서너 잔 걸치고 늦게 들어와 폭탄선언을 했습니다. "내가 정말 하고 싶은 것은 미술 공부예요!"

3년 동안 인문계 고등학교에 다니면서 미술의 '미' 자도 입 밖으로 꺼낸 적이 없던 지원이가 그날 작심을 한 것이지요. 순간 선 둔탁한 몽둥이로 머리를 한 대 얻어맞은 듯했습니다. 물론 그놈한테 평소 "화가는 배곯으니까 의사나 변호사가 돼라"고 강요한 적은 단 한 번도 없습니다. 그렇지만 암암리에 압박을 느꼈던 것이 이제야 폭발한 것은 아닌지, 아님 수능을 잘 못본 상황을 극적으로 만회하려고 꼼수를 쓰는 것은 아닌지, 별의

별 생각이 다 들더군요.

"그래, 미술은 왜 하고 싶니?"

"…."

"외롭고 힘든 일인데, 평생 할 수 있겠니?"

"…."

"여태껏 왜, 어떻게 네가 하고 싶은 것을 참아왔니?"

큰놈은 폭포처럼 쏟아지는 질문에 한마디 대꾸도 없었습니다. 하지만 그다음 날 '왜 미술이냐?'는 질문에 대해선 아주 짧은 답을 해주었지요. "그저, 그림 그리고 있을 때가 제일 좋았던 것 같아." 그제야 어렸을 적부터 도화지에 뭔가 끄적거리기를 좋아하고, 유독 미술 숙제를 할 때만은 밤을 새우며 정성을 쏟던 어린 지원이가 기억났습니다.

그 후로 지원이는 아침부터 늦은 밤까지 화실에서 열심히 그림을 그리고 있습니다. 정말 그동안 어떻게 참아왔는지가 궁금할 지경입니다. 찌푸렸던 얼굴은 다시 환해졌습니다. 목소리는 하이 톤이 됐고 웃음소리는 더 커졌습니다.

어찌 보면 지원이의 결심은 늦은 게 아닐지 모릅니다. 오히려 빠른 결정일 수 있습니다. 저 자신은 고만한 나이 때 내가 좋아하는 것이 무엇인지, 앞으로 과연 무엇을 하고 살아야 할지 몰랐거든요. 물론 이제 열아홉 살인 지원이가 평생 그림을 그리게 될지는 자신도, 아버지인 저도 모릅니다. 다만 힘들게 결정한 '자신의 길'에 최선을 다하는 기쁨은 아마 평생 잊지 못하겠지요. 2006

짧게 말하고 '잘 듣자'

{

나이가 들어가면서 여러 사람들 앞에서 '한마디' 하는 기회가 자꾸 늘어납니다. 회사에서, 모임에서 그때그때마다 분위기에 맞는 말을 한다는 것이 여간 어려운 게 아닙니다. 어떨 땐 거창하게 원고 준비를 하거나 미리 몇 시간씩 소리 내어 연습을 할 때도 있습니다. 이렇든 저렇든 '듣는' 말이 아닌 '들려주는' 말은 짧으면 짧을수록 좋다는 것이 제 경험입니다.

정다운 사람끼리 함께하는 모임에서, 다시 확인하게 되는 게 있습니다. 그건 바로 말을 잘하는 요령입니다. 말을 잘하기 위해서는 적절한 준비가 필요합니다. 제가 생각하기에 말(이야기) 이란, 뿌리를 내리고(주제를 설정하고), 기둥을 세우고(기승전결의 구성을 계획하고), 줄기와 잎사귀를 자라게 하고(이해를 돕기 위해 다양한 사례를 제시하고), 꽃을 피우는(모두가 공감할 수 있는 인상적인 결론을 맺는) 일련의 과정입니다. 하지만 이런 복잡한 사전 계획보다 더 중요한 것은 말에 관한 욕심을 버리는 일입니다. 내가 한마디 더 하겠다고 남의 말을 잘라 들어가기보다는 '잘 듣기' 위해 귀를 크게 여는 것이 훨씬 더 유익하고 가슴 뿌듯한 일입니다. 가능하면 내게 말을 하는 그이의 속마음을 들여다볼 수 있을 정도로 주의를 기울여야 하고, 또 편견 없이 새겨들을 줄도 알아야 합니다. 잔뜩 준비한 자신의 주의, 주장만을 보따리 풀듯 풀어헤치고 남이 얘기할 때는 귀를 닫아버리거나 잡담을 늘어놓는 사람들이 우리 주변에 얼마나 많습니까.

최근에 아이들 문제 때문에 아내와 한바탕 논쟁을 벌였습니다. 결국 다음 날 아침, 아내와 서로 이견은 없었다는 결론을 내렸습니다. 조금만 참고 상대방의 얘기를 들었더라면 자식 앞에서 언성을 높이는 부끄러운 행동은 하지 않았을 것입니다. 조금 뒤늦기는 했지만, 다시 한번 말을 유창하게 잘하기보다는 남의 말을 잘 듣는 것이 얼마나 중요하고 어려운지 깨닫게 되는 순간이었지요.

말에 관한 제 목표는 '잘 듣자'입니다. 여기에는 물론 남의 얘기뿐 아니라 내면의 소리에 열심히 '마음의 귀'를 여는 일도 포함됩니다. 혹시 압니까. 그렇게 하다 보면 물, 바람, 별, 달이 말하는 것까지 귀에 들리는 놀라운 경험을 하게 될지를!

있어줘서 고마워요

새해를 맞이하자마자 눈 폭탄을 맞은 게 엊그제 같은데 어느새 1, 2월 달력을 넘기게 됐습니다. 결코 멈추지 않는 시간은 도대체 우리를 어디로 이끌고 있는 걸까요.

새해 첫날 한 가지 결심을 했습니다. 새해부터는 수첩에 그날 그날 고마웠던 분들을 빠짐없이 기록하겠다고요. 그 결심, 지금까지 잘 지키고 있습니다. 그리고 그 약속을 지켜나가면서 매일매일 스스로 놀라워하고 있습니다. 제 주변에 고마운 분이 이렇게도 많았다는 사실을, 그리고 그분들이 제게 얼마나 귀중한 분이었는지에 대한 깨달음 때문입니다. 당연히 하루하루가 감사와 기쁨으로 변하기 시작했지요.

지난겨울 따뜻한 목도리를 짜준 아내, 거친 눈발에도 온몸이 땀에 푹 젖을 정도로 열심히 쌓인 눈을 치웠던 회사 식구들, 군대 간 아들 지원이를 면회하고 돌아오다 시골길에서 한참을 헤맬 뻔한 제게 친절하게 길을 가르쳐주신 봉고차 기사분, 꼭 필요한 곳에 쓰라고 샘물통장에 귀한 돈을 선뜻 기부해주신 독자분들. 연말이면 무슨 시상식에서 배우나 가수들이 감격의 눈물을 흘리며 '고마운 사람들'을 줄줄이 떠올리는 것처럼, 저도 수첩에 적힌 분들을 일일이 소개할 수 없다는 게 안타까울 따름입니다.

고맙다는 것은 결국 '있는' 것에 대한 마음의 표현이겠지요. 없는 것에 대한 막연한 미련에 매달리기보다는 지금 당장 나와 우리 주변에 '있는 것'을 돌아보고, 그에 대한 고마움을 찾아보면 어떨까요. 그러다 보면 끊임없이 흘러가는 시간 속에서도 삶의 의미를 붙잡을 수 있지 않을까요. 2010

Part 2

이 구역의 수호천사

올해도 저는 제 수호천사를 여러 번 만났던 것 같습니다. 운이 참 좋았지요. 그런데 묘한 것이 수호천사가 제가 쫓아다닌다고 찾아오는 게 아닌가 봅니다. 어느 날 예기치 않은 장소에서, 생판 모르는 얼굴로, 그것도 아주 짧은 시간에 나타났다가 사라지지요! 또 그가 나타났다는 걸 알아차리는 것도 그 일이 있은 지 한참 후라는 것을 최근에야 알게 되었습니다.

올 4월 미국 LA에 갔을 때입니다. 여비도 아끼고 경험도 쌓자며 공항에서 지하철을 타고 시내에 들어가려고 했지요. 당연히 우리나라처럼 지하철역에서 잔돈을 거슬러 주는 직원이나 기계가 있으려니 예상했던 저는 난감한 상황에 처하게 되었습니다. 아무리 찾아봐도 주머니 속에 있는 20달러짜리 지폐를 바꿔줄 사람이나 기계는 찾을 수가 없었습니다. 택시를 탈 걸 그랬다고 금세 후회했지만 늦었습니다. 약속 시간에 맞추기에는 이미 다른 방법을 찾을 수가 없었지요.

큰 여행 가방을 이리저리 끌면서 식은땀을 흘리는, 한눈에 척 봐도 외국인처럼 뵈는 제 모습이 무척 안쓰러워 보였을까요. 그때, 그 순간 정말 기적 같은 일이 벌어졌습니다. "걱정 마라, 나도 이런 경험이 있다"며 선뜻 저에게 1달러짜리 지폐를 쥐어주던, 그 고마운 푸에르토리코 아줌마. 고맙다고, 감사하다고, 하느님께 축복 많이 받으시라고…. 그땐 지하철에서 내릴 때까지 연신 절을 하며 고마워했지만 그 일을 까마득히 잊어버린 것이 사실입니다.

그런데 며칠 전, 지하철 4호선 혜화역에서 큰 가방을 들고 허둥대는 한 외국 사람을 만났습니다. 순간 LA에서의 제 처지가 되살아났습니다. 지하철 표 한 장을 받고 연신 고마워하는 그 외국인. 그의 얼굴에서 잊고 지냈던 푸에르토리코 아줌마, 아니 제 수호천사가 다시 생각난 것입니다. 제가 오히려 거듭 고맙다는 인사를 하자 의아해하면서도 환하게 웃는 그의 눈에서 전 분명히 봤습니다. 저의 수호천사를…. 2003

최선을 다한다는 게 뭡니까

〉
〉
〉
〉
〉
〉

　사장인 제가 회사 식구들에게 입버릇처럼 하는 말이 있습니다. "자신의 일에 최선을 다하라!" 그런데 정작 그 말의 뜻을 가만히 되새겨보면 참 아리송합니다. '최선을 다하라'는 말이 정확히 무엇을 뜻하는 건지. 농땡이를 치지 말라는 말인지, 매일 출퇴근 시간을 잘 지키라는 뜻인지…. 스스로도 명확히 알지 못하면서 그 말을 시도 때도 없이 읊어대는 자신이 한심스럽기까지 합니다.

　저 자신에게도 묻습니다. '너는 최선을 다하고 있나?' 이 질문에는 더욱 부끄러워집니다. 최선이 무엇인지도 모르면서 아는 척, 부지런한 척, 그저 척하고만 있었다는 자괴감마저 듭니다.

　그럼 결과가 좋으면 최선을 다한 것이고, 그렇지 못하면 최선을 다하지 않은 걸까요. 그건 또 아닌 것 같습니다. 그 '결과'라는 것도 '과정'이 어떠하냐에 따라 다르게 해석될 수 있습니다. '1등만 살아남는 세상'이 결과적으로 세상을 더욱 분열시키고 망칠 수도 있음을 우리는 경험을 통해 알고 있습니다.

그래서 엉뚱한(?) 생각을 해보게 됐습니다. '최선'을 '최악'으로 바꾸어보는 거죠. "자신의 일에서 최악은 만들지 마라!" 그럼 애매하던 게 조금씩 분명해지기 시작합니다. 직장인에게는 자신이 속한 직장을 망치는 게 최악이겠지요. 학생에게 최악은 자신의 앞날을 포기하는 것입니다. 정치인이 개인의 욕심만 생각하면 나라가 망하는 최악의 결과가 나올 수밖에 없습니다.

모두 자신이 맡은 분야에서 최악의 선택과 행동을 하지 않으면 그만큼 세상은 안정되고 더 좋아지지 않을까요. 최선을 다하겠다고 동네마다 어지럽게 붙여놓은 현수막과 벽보를 보면서 저 자신을 한번 돌아보게 됐습니다. '최악의 사장은 되지 말자!'

이번엔 절대 늦지 않을게

휴일 아침, 혼자 북한산에 올랐습니다. '그 나무는 잘 있을까?' 그 나무는 산벚나무입니다. 나무 아래에는 널찍한 바위가 있고 또 그 곁으론 시냇물이 졸졸졸 흐릅니다. 전 자주 바위에 누워 나뭇가지 사이로 펼쳐진 파란 하늘과 뭉게구름을 보고, 새소리와 시냇물 소리도 듣습니다. 그러다 보면 어느덧 들뜨고 거칠어졌던 마음은 바위 위로 차분히 가라앉습니다.

작년 이맘때였습니다. 눈여겨봐 친해진(?) 나무에게 장난 삼아 슬쩍 이렇게 부탁했습니다. "새봄에 꽃을 피우게 되면 내가 맨 먼저 볼 수 있을까?" 그러곤 그날따라 그 나무를 꼭 껴안아 주었습니다.

작년 봄은 유난히 몸이 바빴습니다. 출장도 많았고 여러 행사로 분주했지요. 그래서 몇 달을 잊고 지냈습니다. 그러던 중 4월말인가 5월초 어느 날, 흐드러지게 핀 동네 벚나무를 보고서야 뒤늦게 '나무 생각'이 났습니다.

부랴부랴 다시 그 나무를 찾아갔습니다. 가는 길목마다 산벚나무들은 이미 꽃잎을 지운 자리에 초록의 잎사귀를 키워내고 있었습니다. 그래도 혹시나⋯ 하면서 그 나무에게로 발길을 내디뎠습니다. 미안한 마음이 울컥 앞섰습니다.

'그동안 내가 너무 무심했지!' 모퉁이를 싹 도는데 그 나무가 눈에 확 들어왔습니다. 주변의 다른 친구들은 모두 봄꽃을 피웠는데 그 나무만 유독 꽃봉오리를 하나도 열지 않은 채 있는 게 아닙니까. 전 눈물이 핑 돌 지경이었습니다. "고맙다. 고마워. 기다려줘서. 늦게 와서 미안해!" 나무를 꼬옥 껴안았습니다. 다음 날 새벽같이 다시 그 나무에게로 달려갔습니다. 정말 그 나무는 기적처럼 나를 위해 황홀하게도 모든 꽃잎의 문을 활짝 열어놓았습니다. 전 그날 평소보다 훨씬 오랫동안 바위에 누워 눈부시게 찬란한 벚꽃과 구름, 하늘을 번갈아 보았습니다.

오늘 아침 전 녀석에게 미안한 부탁을 다시 했습니다. '작년처럼 올해도 그런 기쁨을 내게 줄 수 있을까? 올해는 절대 늦지 않을게, 꼭! 약속!' 2009

대충 포기하며 사는 거야

)

봄은 봄인가 봅니다. 쇄도하는 청첩장을 보면 말입니다. 모처럼의 주말 나들이 대신 예식장에 가는 것이 아주 신나는 일은 아니지요. 그래도 가기 전엔 솔직히 귀찮지만 다녀온 후엔 '잘했다'는 뿌듯함이 드는 게 사실입니다. 봄볕 같은 신랑 신부의 모습에 '귀엽다!'는 감탄사가 절로 나오고, '머지않아 내 아들놈이 바로 저 자리에서 싱글벙글 제 짝의 손을 기다리겠지' 하는데 생각이 미칩니다. 그런 걸 보면 저도 화살 같은 세월을 비껴갈 수 없나 봅니다.

제 아내는 목련보다 아름다운 4월의 신부입니다. 올해로 결혼한 지 스무 해가 됩니다. 남들처럼 저희 부부도 예쁜 추억만큼이나 굴곡도 많았지요. '결혼 후 단 한 번도 얼굴을 붉히거나 큰소리를 내본 적이 없다'는 부부를 보면, 우선 믿기지 않고 마치 외계에서 온 듯 신기하게만 보입니다. 울고 웃고, 지지고 볶고, 냉탕 온탕…. 우리 부부의 20년은 그랬습니다. 매년 '올해는 조용하고 부드럽게 알콩달콩 가정을 꾸려가야지' 하는 결심을 하지만 어느새 우린 '화성에서 온 남자와 금성에서 온 여자'가 되고 맙니다.

"대충 포기하며 사는 거야"라고 말씀하시는 팔순의 아버지. 그러는 아버지는 왜 지난주에도 참지 못하시고 어머님과 한바탕…?

부부 클리닉 관련 서적도 읽어보고, 주변의 전문가(?)들에게도 물어봤습니다. 모범 답안! 그것은 분명 있는 것 같은데 당최 실천이 안 되는 것을 보면 저나 저희 부부가 아직 수양이 덜되어서 그렇다고밖에는 말할 수 없을 것 같습니다.

결혼이 행복의 열쇠일까요? 어쩌면 행복의 문은 처음부터 열쇠가 없는지 모릅니다. 그냥 열고 들어가서 뒤돌아보지 말고, 후회도 말며, 남과 비교하지도 말고, 그저 어깨를 나란히 하고서 한 발 한 발 '함께' 걸어나가는 게 아닐까요? 척 보면 서로의 기분을 알아채고 얘기하지 않아도 등짝의 어느 부위가 가려운

지 알 수 있는, 그런 동반자가 있는 게 외롭고 고독한 인생살이에 훨씬, 아니 조금은 나은 것이 아닌가 하는 게 제 솔직한 생각입니다. 2006

모두에겐 보이지 않는 생명줄이

살면서 한 번이라도 '삶의 끈을 확 놓아버리고 싶다'는 충동을 느껴보지 않은 사람이 있을까요. 그런데 참 이상한 건 누가 봐도 저 사람은 '참 힘들겠다!'고 생각되는 사람은 굳건히 견뎌내고 잘 사는데, 평소 '행복 전도사' 같던 분들이 오히려 갑자기 끔찍한 선택을 하는 경우를 적지 않게 봅니다. 왜 그럴까요? 도대체 그들을 극한의 상황으로 몰고 간 건 무엇일까요?

성급한 결론 같지만 저는 크게 두 가지 이유로 봅니다. 외부 상황이 아무리 절박했다 하더라도 결국 자신에 대한 사랑이 부족했기 때문일 것입니다. 또 하나는 술을 마시거나 극단적으로 화가 나 한순간 이성을 잃은 경우입니다. 전자든 후자든 영혼이란 게 있다면 자신의 행동에 틀림없이 후회막급일 것입니다. 아무리 세상천지에 나 혼자 버려진 것 같고 벼랑 끝에 서 있는 것 같아도 모두에겐 분명 보이지 않는 생명줄이 이어져 있습니다. 가족이든, 인연이든 삶 자체가 거미줄 같은…. 어떠한 이유로 이 세상에 왔는지는 모르지만 인간을 포함한 모든 생명은 자기 자신을 사랑하고 생명을 유지해야 할 책임과 의무가 있을 것입니다.

저 역시 고백하자면, 대학 시절 '순간적인 유혹'에 든 적이 있습니다. 더구나 당시엔 흔치 않아 남들이 다 부러워한 유학 생활 중에 말이죠. 성적 미달로 퇴학당할 위기에 처했던 것입니다. 이젠 학교를 포기해야겠다고 마음먹고는 술을 진탕 마신 뒤 하숙집으로 돌아왔습니다. 거울을 멍하니 쳐다보고 있던 그때, 정말 기적같이 어머니한테서 전화가 왔습니다. "괜찮니? 별일 없니? 정말?" 들키지 않으려고 목구멍으로 차오르던 눈물을 꾹 꾹 삼켰던 기억이 생생합니다. 30년이 지난 요즘도 가끔 영어로 학기말 시험을 치르는 악몽을 꿉니다. 그래도 여태껏 그때보다 백배, 천배 힘든 순간들도 잘 견뎌낼 수 있었던 건 어머니의 전화 같은, 바로 그 질긴 삶의 끈 때문일 것입니다.

자연을 꽉 껴안아보시기 바랍니다

골치 아픈 일이 있을 때마다 산에 갑니다. 자식이 말썽을 부려 화가 날 때도, 회사 일이 꼬여 짜증이 날 때도, 오늘처럼 무엇을 써야 할까 고민이 될 때도 그냥 올라갑니다. 언제부턴가 아주 습관이 돼버렸습니다. 그럼 그때마다 언제나 해답을 얻어 내려오게 되지요. 더 정확히 말하면 산에 오르다 적당한 바위에 앉거나 누워 기도나 명상을 합니다. 들숨 날숨, 깊은 호흡을 천천히 반복하다 보면 조금 전까지 전혀 들리지 않던 세상의 '모든 소리'가 찬찬히 들리기 시작합니다. 시냇물, 갖가지 새들, 바람, 날아다니는 벌레 소리까지. 또 보이지 않던 온갖 것들이 눈에 들어오기 시작합니다. 산벚나무 열매, 버들치, 이름 모를 노란 꽃, 구름, 바위의 얼굴도. 그러면서 어느덧 고통과 고민은 사그라집니다.

제 아내는 제 성격이 무척 소심하다는 걸 잘 압니다. 겉으론 사내대장부 운운하며 대담한 척하지만 실은 사소한 일에 잘 삐친다고 '삐돌이'라며 아이들과 합세해 놀려대기 일쑤지요. 가끔은 스스로 대인 기피증이 있는 건 아닌가 하고 걱정할 때도 있습니다. 처음 보는 사람을 만나면 눈도 깜빡대고, 여러 사람 앞에만 서면 가슴도 벌렁거립니다. 이렇게 스트레스를 잘 받는 제가 지금껏 나름대로 살아나갈 수 있었던 건 바로 산, 자연 덕분입니다.

사람들과의 관계 속에서 어지럽게 방전된 에너지를 자연이 빵빵하게 충전해준다고 전 믿습니다. 어찌 보면 자연이 제 성격까지 개조시키는 듯싶습니다. 사실 소심하거나 조급한 자연은 없지요. 늘 남들보다 더 뛰어나길 원하고, 조금이라도 더 부자가 되고 싶어 고심하고 아등바등하는 인간들 중에만 유독 조급증 환자가 있을 뿐….

어디를 가든 그곳에서 자연을 꽉 껴안아보시기 바랍니다. 그 속에서 진정한 휴식의 맛을 느끼고, 그 귀중함을 평소 자신의 생활 속으로 끌어와 습관으로 만들었으면 좋겠습니다. 그럼 지금과 같이 칼날처럼 서 있는 날카로운 세상이 훨씬 더 부드러워지지 않을까요?

참으로 전 행복한 놈입니다

– 금아 피천득 선생님을 기억하며

'신록을 바라다보면 내가 살아 있다는 사실이 참으로 즐겁다. 내 나이를 세어 무엇하리. 나는 지금 오월 속에 있다.'(피천득, 〈오월〉中)

저는 지금 오월 속에서 숨 쉬고 있지만, 피천득 선생님의 오월은 2년 전 멈춰버렸습니다. 피 선생님은 백수연 약속을 어기시고 당신의 생일(5월29일)을 나흘 앞둔 25일, 98세로 돌아가셨습니다. 폭포 같은 세월 속에 기억도 거품처럼 사라져버리고 마는 것일까요. 정말 다행인 것은 지금도 저는 선생님의 하이 톤 목소리, 가느다란 손목의 촉감을 귀와 손끝으로 생생히 기억하고 있습니다. 그건 아마도 제가 어렸을 적부터 35년 넘게 피 선생님을 뵈어 익숙해져서 그런지 모르겠습니다.

선생님은 아주 감동이 많으셨습니다. "아! 이 모란 봐라. 예쁘지!", "저 애기들 봐. 와! 눈이 참 맑지." 2002년 월드컵 때 붉은 악마 티셔츠를 양복 안에 입고 외치시던 "대~한 민국!" 그리고 천진스레 웃으시는 어린애 같은 모습…. 가끔씩 목욕탕 데이트(?)를 하고 난 후 우동 한 그릇을 함께 나누며 선생님은 "조선시대 왕들도 이런 호강은 누리지 못했을 거야" 하셨지요. 사실 그땐 그런 소소한 게 그렇게까지 좋은지 몰랐습니다. 그저 선생님 특유의 감탄사 정도로 여겼지요.

언젠가 전 스승의 날 행사 준비를 위해 모인 동창들에게 "지금까지 내 인생의 스승은 오직 피 선생님뿐이다"라고 단언했습니다. 저를 유달리 아껴주셨던 다른 선생님들께는 죄송하지만 그건 제 솔직한 심정이었습니다. 영문학자이며 한국 최고의 수필가이신 선생님께선 저에게 영어를, 글 쓰는 비법을 한 번도 가르쳐주신 적이 없습니다. 하지만 내 자신의 삶을 과연 어떻게 살아야 할지 고민하게 하고 스스로 그 방법을 찾도록 도와주신 분은 분명 금아(琴兒) 피천득 선생님뿐입니다.

또 피 선생님처럼 약속과 정직을 '당연함'으로 보여주신 분을 선 아직 뵙지 못했습니다. 저와의 약속 때도 꼭 30분 전에 오시던 선생님이 약속을 얼마나 중하게 여기는지는 안 봐도 알 만한 일이었습니다. 그리고 "거짓말이 허락되는 경우는 그렇게 안 하면 동지들에게 큰 피해를 입히게 될 때뿐, 그때라도 침묵으로 대답할 수 있다면 더욱 좋다"고 말씀하신 도산 안창호 선생님을 늘 진실의 화신으로 존경하셨지요.

참으로 전 행복한 놈입니다. 언제라도 생각만 하면 선생님을 다시 뵐 수 있고, 음성도 곁에 있는 것처럼 들을 수 있으니 말입니다. 며칠 내 선생님께서 누워 계신 모란공원으로 빨간 장미를 들고 찾아가 뵈어야겠습니다. 2009

5월은 어른의 날

지금은 어느덧 손자 볼 나이가 됐지만, 아이들 교육과 관련해서 아직껏 판단하기 쉽지 않은 게 있습니다. "애들 내버려둬. 제가 다 알아서 하게", "애가 뭘 알겠어요. 하나하나 잘 가르쳐줘야지."

부부 사이, 혹은 고부간에 흔히 이런 대화를 자주 나누게 됩니다. 나중엔 이런 문제로 애를 앞에 두고 다투기까지 하지요. 어른 눈에는 당연히 제 자식이 귀엽기는 하지만 못마땅한 면도 많습니다. 스스로 알아서 잘하면 좋겠지만 그게 어디 쉬운 얘기입니까? 많은 시행착오를 거쳐야 가능하지요.

그렇다고 마냥 기다릴 수만은 없는 게 현실입니다. 왜냐면 뻔히 잘못된 것을 알면서도 모르는 체 눈감아줘야 하는 것도 대단한 인내심이지만, 혹시 주위 사람들에게 폐를 끼칠 수도 있는 중대한 문제이기 때문이지요.

저는 물론 교육 전문가는 아닙니다. 하지만 우연한 기회에 5~12세 공부방 아이들을 10년 정도 꾸준히 만나게 됐고 그때마다 이런 문제, 즉 무엇을 어디까지 가르쳐줘야 하고, 무엇을 스스로 터득하도록 기다려줘야 하는지에 대해 진지한 고민을 하게 됐습니다.

그러다 나름 이런 결론에 이르게 됐습니다. '스스로 깨우치도록 기다려라. 다만 남에게 피해를 입히지 않는 한도 내에서.' 그런데 '스스로 깨우치도록' 하는 것은 얼추 알겠는데, '남에게 피해를 입히지 않는' 부분에 대해서는 쉽지 않습니다. 무엇보다 실행이 어렵습니다. 결국 이 부분, '타인의 입장'을 이해하고 배려할 수 있도록 가르치는 것이 어른이 해야 할 교육의 핵심이 아닐까 생각합니다.

세상은 정신없이 바뀔 것입니다. 현재의 어른들이 얘기하는 직업이나 일은 조만간 전혀 현실적이지 않을 가능성이 높습니다. 하지만 아무리 예측하기 어려운 미래에도 변할 수 없는 것은 결국 '세상은 혼자 살 수 없으며, 누군가와 더불어 살아야 한

다'는 진리일 것입니다. 어린이날이 있는 5월에 어른들의 역할
이 참으로 많습니다.

넘어지는 순간에도 다시 일어설 힘을 모아

자주 새벽에 산에 올라 기도를 합니다. 전에는 '이렇게 저렇게 됐으면 좋겠는데, 절 어여삐 여겨 한 번만 봐주십시오' 이렇게 기도를 했지요. 그런데 어느 때부터인지, 어떤 이유에선지 정확히 기억은 안 나지만 기도의 흐름이 바뀌었습니다. '당신 뜻대로 하소서!' 하고 말입니다. 나이가 들어서일까요. 점점 내가 원하는 것을 고집하기보다는 운명적인 것, 다시 말해 보이지 않는 힘에 의해 세상이 변해간다는 사실을 받아들이는 순응적인 인생관을 갖게 된 듯합니다. 아무튼 그저 매사에 감사하고, 또 감사하는 게 요즘 제 기도의 내용입니다.

그런데, 오늘은 정말 다시 옛날로 돌아가고 싶었습니다. '뜻대로 하소서!'가 아니라 '반드시 해주십시오!'로.

장영희*교수. 샘터의 오랜 필자인 장 교수가 지금 투병 중입니다. 척추암. 3년 전 유방암에 걸렸지만 본인의 말처럼 주위 친지도 감쪽같이 모르게 수술과 방사선 치료를 받고 완쾌된 것으로 알았는데…. 척추에 암이 전이된 것을 몰랐지요.

장 교수는 제가 만나본 어떤 분보다 장애가 없는 분입니다. 아니 그분의 겸손함과 당당함 앞에서 제가 더 정신적으로 장애가 많다고 느끼곤 했지요. 그분이 지금 병상에서 이런 말을 전해줍니다.

"뒤돌아보면 내 인생에 이렇게 넘어지기를 수십 번. 남보다 조금 더 무거운 짐을 지고 가기에 좀더 자주 넘어졌다. 그러나 신은 다시 일어서는 법을 가르치기 위해 넘어뜨린다고 나는 믿는다. 넘어질 때마다 번번이 죽을힘을 다해 다시 일어났고, 넘어지는 순간에도 나는 다시 일어설 힘을 모으고 있다."

하느님! 장 교수가 반드시 일어설 수 있도록 힘과 용기를 불어넣어주셔서 다시 우리 곁에 돌아올 수 있게 해주십시오. 2004

---

* 영문학자이자 수필가(1952~2009). 소아마비와 세 차례의 암 투병 속에서도 교수, 영문학자로서 희망을 잃지 않는 삶을 실천했으며 《살아온 기적 살아갈 기적》, 《내 생애 단 한 번》, 《문학의 숲을 거닐다》 등의 책을 남겼다.

내려야 합니다, 내려야 합니다

아침에 눈을 뜨면서부터 하루 종일 뭔가를 결정해야 하는 삶을 살고 있습니다. 그냥 더 잘까? 아님 후딱 일어나서 회사에 일찍 나갈까? 차를 몰고 나갈까, 그냥 택시 탈까? 이런 아주 사소한 일에서부터 때론 계속 이 사람과 만나야 할까, 말아야 할까? 혹은 더 나아가 불황임에도 새로운 사업을 시작해야 하나, 아님 기존의 일을 접어야 하나? 결정의 중요도와 심각함은 차이가 있지만 하루 내내 늘 선택의 기로에 있는 건 분명합니다. 아마 저뿐만은 아닐 것입니다.

정도의 차이는 있지만 누구나 일생일대 결정을 해야 할 때가 온다는 것을 주변 사람들을 통해 확인했죠. 그때마다 저를 포함해 대부분은 처음에는 혼자 심각한 고민에 빠집니다. 그러다 주위를 둘러보게 되고 친구를, 선배·멘토를 찾게 됩니다. 교회나 절을 찾아 기도드리는 분도 있고 점쟁이를 찾는 이도 있습니다. 그래도 최종 결정은 결국 본인밖에 할 수 없습니다.

정말 이젠 더 이상 시간을 끌래야 끌 수 없는 절체절명의 순간, 그때 두 부류로 나뉘게 됩니다. 결정의 책임을 내가 지려는 사람과 내 뜻이 아닌 남의 탓으로 미루는, 혹은 결정을 포기하는 사람으로요.

사실 엄청난 결정을 하면서도 아주 수월한 듯 보이는 분들이 간혹 있습니다. 그분들에게는 공통적인 특징이 있습니다. 우선 복잡한 문제를 최대한 단순화하려고 노력하고 그에 대한 요령이 있다는 점이죠. 아무리 꼬여 있어도 풀 수 있다는 자신감과 믿음도 그 비결입니다.

저는 결정 앞에 이렇게 질문을 해볼까 합니다. '내 인생에서 최대의 스승이라면 이 문제에 대해 어떤 결정을 내렸을까' 하고 말입니다. 그 스승은 아마도 예수님이나 부처님, 공자님 또는 그 누구라도 될 수 있겠지요.

발자국은 나 자신보다 정직합니다

바닷가에서 혼자 뛰었습니다. 그것도 한밤중에 맨발로. 파도 소리, 별, 구름, 바람, 발바닥에 전해지는 까슬까슬한 모래의 촉감. 제법 빠른 속도로 뛴 듯싶은데도 숨은 차오르지 않았습니다. 체력이 좋아져서 그런 건지, 맑은 공기 덕에 기분이 좋아서인지 밤바다가 아주 낯설지 않았지요.

한참을 뛰다가 내가 얼마나 뛰어왔을까 궁금해 뒤돌아보았습니다. 2~3km는 뛴 것 같은데 정확히 가늠하기는 어렵습니다. 하지만 제가 뛰어온 흔적은 정확히 보입니다. 발자국. 삐뚤삐뚤한 발자국은 제가 어떤 자세로, 무슨 생각을 하면서 어지럽게 뛰었는지 알려줍니다. 나는 나름대로 앞만 보며 잘 달려왔다고 생각했는데, 내가 남긴 나의 발자국은 나 자신보다 정직합니다.

　인생에서 왔던 길을 돌아갈 수는 없습니다. 꿈이나 추억 속에서는 가능하지만 최소한 현실에서는 불가능합니다. 하지만 바닷가에서는 가능합니다. 처음의 발자국을 따라 돌아가봅니다. 이번에는 뛰지 않고 걸어갑니다. 그런데 이상하게 뛰어서 '가는 길'보다 천천히 걸어서 '오는 길'이 더 짧아 보입니다. 그리고 갈 때는 못 느꼈던 아름다운 풍광이 눈에 들어옵니다. 훨씬 여유도 생긴 것 같습니다. 뭐든지 지금보다 더 잘할 수 있을 것 같은 자신감도 생깁니다. 밤바다의 별은 유독 초롱거립니다. 별을 가리는 구름도 오늘만큼은 장애물로 여겨지지 않습니다.

　나의 발걸음을 고스란히 기록한 모래사장을 보니 이런 생각도 듭니다. '두 사람이 모래 위를 걸었는데 발자국이 한 사람 것밖에 없다면 정말 괴이하지 않을까?' 아무리 훌륭한 분의 뒷모습만 바라보고, 그분이 걸었던 그 발자국 그대로 따라 살고 싶어도 결국 내가 살아가야 하는 세상에는 나만의 발자국을 만들 수밖에 없다는 것, 그게 내 삶이고 내 운명이 아닐까요. 오늘 바닷가에서, 여러 교훈을 얻습니다. 2014

한 가지씩 열등감이 없는 사람은 없어 보입니다

저 자신을 돌아보면 부모님 속을 정말 어지간히 썩여드렸습니다. 사실 저뿐만 아니라 저희 네 형제 모두 대학 입시에 실패한 경험이 있으니 어머니께서 "참으로 자식 대학 복은 지지리도 없다"고 하실 만도 합니다. 그래서 주변에서 "누구누구는 찰떡처럼 척척 어디에 붙는데…" 이런 말만 나와도 무슨 죄 지은 것처럼 부모님 눈을 똑바로 쳐다볼 수가 없었습니다. 부모님에 대한 죄송함과 무엇보다 저 자신에 대한 실망 때문이지요. 그런데 정말 심각한 문제는 대학 입시가 아닙니다. 바로 그 한 번의 좌절로 굳어지게 되는 열등감입니다. 자신의 장점, 참모습을 사랑하기보다는 끝없이 남을 부러워하고 비교하면서 결국 자아를 잃어버리게 되거든요.

살다 보면 학벌에 대한 것 말고도 한 가지씩 열등감이 없는 사람은 없어 보입니다. 외모에 대한, 돈에 대한, 건강에 대한, 남녀 성별에 대한… 그런 열등감들.

　성공한 인생이라고 인정받는 분들조차도 드러내놓지 않아서 그렇지 종기처럼 갖고 있는 게 있습니다. 다른 점이 있다면 그 분들에게 있어서 열등감은 더 이상 고질병이 아니라는 겁니다. 오히려 어려움을 극복하고 자신을 용서하는 자극제로 삼거나 더 나아가 남을 이해하고 사랑하게 하는 치료제로 이용하지요.

　이런저런 것을 다 아는 것 같으면서도 정작 제 아들에겐 기대 이상의 결과를 바라는 걸 보면 저도 어쩔 수 없는 부모인가 봅니다. 모르긴 몰라도 제 아버지도 지금의 저와 똑같지 않았을까 싶습니다.

자연과 멀어지면 병원과 가까워집니다

올해로 입적한 지 2년이 넘은 법정*스님은 생전에 늘 이런 말씀을 하셨지요. "자연과 멀어지면 병원과 가까워집니다." 하지만 삶의 절반 이상을 자연과 함께 사셨던 스님도 정작 폐암으로 돌아가신 걸 보면 인명은 정말 재천인가 봅니다.

살랑살랑 봄바람이 겨우내 시렸던 옆구리를 파고듭니다. 마음도 몸도 포근해지고 나른해집니다. 봄맞이하러 멀리 남쪽까지 애써 찾아갈 필요가 없습니다. 지척에 있는 동네 산에만 가도 봄물 소리가 아기 오줌 누는 소리 같습니다. 이렇듯 산뜻한 아침 같은 계절에 인명, 재천 운운하며 '무거운 말'을 꺼내는 이

---

* 스님이자 수필가(1932~2010).《홀로 사는 즐거움》,《산방한담》,《무소유》등의 책을 펴내고 이를 직접 실천하는 삶을 살았다.

유는 뭘까요.

오랜만에 산에 올라 나의 친구, 산벚나무를 만나고 나서 느낀
게 많았기 때문입니다. 한참을 '서로' 얼싸안았습니다. "겨우내
고생 많았다. 많이 추웠지?" 벚나무는 저의 체온을 받아들여 따
뜻해졌습니다. 자주 찾아보지 못한 미안한 마음 때문에 평소보
다 훨씬 오랫동안 껴안았습니다. 그러면서 점차 제 마음이 풀어
지는 것을 느낄 수 있었습니다. 그동안 여러 가지 복잡하고 힘
들었던 일, 생각들이 모두 봄눈 녹듯 사라지는 느낌이 들었습니
다. 그리고 그 풀어진 마음 사이로 한 줄기 바람처럼 스쳐 지나
가는 소리가 들렸습니다. "사는 게 별거 아니야."

태어나고 늙고 병들어 죽는 것은 이 세상 누구도 막지 못하는
법. 이왕이면 죽기 살기로 남을 짓밟으며 아등바등 살기보다는
알콩달콩, 세상을 한껏 사랑하며 사는 게 훨씬 현명한 게 아닐
까 하는 생각이 들었습니다. 산벚나무를 통해 법정 스님의 법문
을 다시 듣는 것 같았습니다. 2012

첫 단추를 잘못 끼웠다고 좋은 옷을 버려선 안 되듯

새벽에 친구에게서 전화가 왔습니다.

"미안하다. 죽고 싶다. 너에게 짐만 주고 가는 것 같다…."

"무슨 일이야. 잠시라도 널 사랑하는 사람들을 생각해!"

"…."

멍한 사이 전화는 끊겼고 제 심장은 마구 고동치기 시작했습니다. 새벽 전화가 언제부턴가 무서웠지만 이번에는 더더욱 강력했습니다. 친구 딸아이가 집을 나간 지 며칠이 지났고 아내와 그런저런 일로 자주 다퉜다는 것은 이미 알고 있었지만 그렇게까지 심각한 줄은 미처 몰랐습니다. 다행히, 정말 다행히 그 친구는 지금도 통화가 가능합니다. 하지만 여전히 눈에 생기는 없고 목소리는 심하게 처져 있습니다.

어디서부터 인생이 어긋났는지, 그걸 어떻게 풀어야 할지 몰라 고통스러워하는 친구에게 난 무슨 힘이 되어줄 수 있을까.

'나 역시 사랑하는 아내와 가족을 내 잘못 때문에 한꺼번에 잃을 뻔했던 때가 있었다. 그 모든 고통의 중심에서 그저 도망치고 싶었고, 그러면 정말 자유로워질 것만 같았고…. 그런데 그건 결코 아니었다. 비록 지금 널 힘들게 하는 사람들이지만 바로 그 사람들이 네가 사랑하는 사람이고 널 사랑할 사람들이 아닌가. 첫 단추로 돌아가자. 잘 끼워 있는지. 그렇다면 두 번째 단추는 어떤가 보자. 그렇게 처음부터 하나하나 돌이켜보자. 그럼 문제의 본질에 도달할 수 있을 것이다. 언제라도 포기할 만큼 늦은 때란 없다. 만약 엉클어져 있는 단추를 찾아 지금부터라도 찬찬히 다시 잘 끼우면 얼마든지 돌아올 수 있다. 웃으면서 지난 일을 얘기할 때가 반드시 있다.'

제 친구와 같은 상황에 놓인 분이 있다면 이 말을 꼭 덧붙이고 싶습니다. 첫 단추를 잘못 끼웠다고 좋은 옷을 버려서는 안 되듯이 우리 인생, 가족은 절대 포기할 대상이 아니라는 사실을.

그때 그 시절의 천국

요즘은 그렇지도 않은 것 같지만, 저희 학창 시절엔 누가 뭐라고 해도 방학이 최고의 시간이었습니다. 더구나 여름방학이 다가오면 저희 개구쟁이 중학생들은 머리를 맞대고 이런저런 놀 궁리에 빠져 있었었지요. "수영장에 예쁜 여자들 보러 가자", "아니, 강릉에 있는 우리 외할머니 댁에 가자", "화끈하게 이번 엔 해운대로 가는 게 어때?" 그러면서 부모님께 참고서를 산다고 거짓말을 하거나 집 안에 필요한 물건까지 고물상 아저씨에게 팔아치워 거금(?)을 모았지요. 방학 숙제는 물론이고 매일매일 써야 할 일기까지 일찌감치 몰아서 해치우고, 디데이만을 꼽으며 하루하루 흥분돼 잠을 설쳤던 게 기억납니다. 그중 엄격한 부모님을 둔 친구가 하루 전날 펑크를 내는 바람에 계획 전

체가 수포로 돌아갈 위기에 처했지만 우리 악동들은 결국 그 가여운 친구를 버리고 결연히 일을 치르고야 말았습니다.

부모님과의 편안한 휴식을 포기하고 찾아간 해운대는 정말 아수라장이었습니다. 사람은 어마어마하게 많은데 우리를 눈여겨봐주는 사람은 눈을 씻고 찾아봐도 없었습니다. 고만고만한 놈들이 만들 수 있는 요리는 파와 계란을 넣은 라면이 전부. 그나마도 설익은 게 좋다, 아니다 푹 삶아 먹는 게 좋다며 티격태격했지요. '천국'을 꿈꾸던 우리의 방학은 '지옥'이기에 충분했습니다.

연로하신 어머님은 지금도 저에게 "넌 역마살이 있다"며 걱정하십니다. 돌아다녀야 직성이 풀리는 제 병은 아마 그때부터 시작된 게 아닌가 싶습니다. 그래도 난생처음 부모님 곁을 떠나 우리끼리 고생했던 그 여행은 지금껏 잊지 못할 추억으로 남아 있습니다. 매년 여름이 돌아오면 지옥 같았던 그때 그 시절의 천국이 되살아납니다. 여름이면 떠오르는 잊지 못할 추억이 있으신가요?

하지 말라고 하지 마라

어렸을 적, 저는 어른들이 '하지 마라'는 일을 참 많이도 했습니다. "깊은 데서 물놀이하지 말라"고 했건만 물속 깊이 잠수하길 좋아했고, "공부할 때는 여자 사귀지 말라"고 했지만 연애에 빠져 일찍 결혼까지 했습니다. "데모하지 말라"고 그토록 말렸지만 경찰서에도 여러 번 끌려가곤 했습니다. 지금 생각해도 어지간히 부모님 속을 썩인 것 같습니다. 억세게 말 안 듣는 아들놈 때문에 아마 10년은 더 늙으셨겠지요.

갑자기 제 과거를 들먹이는 데는 이유가 있습니다. 제가 부모님 말씀을 잘 안 들었듯이 제 아들놈들도 도대체 제 말을 안 들어먹는다는 것이지요. 이런 것을 업이라고 해야 할지…. 일일이 열거를 하면 프라이버시를 침해했다고 크게 반발할 것이 틀림

없어 그놈들 비행은 다 밝히진 못하겠습니다. 다만 아내가 "쟤들이 모두 당신 닮아서 그래!"라고 해도 달리 변명할 수 없다는 것은 확실합니다.

그런데 며칠 있으면 큰아들, 지원이가 자신이 원하는 미술 공부를 하기 위해 외국으로 떠납니다. 1~2주일 여행으로 떨어져 지낸 적은 있지만 이처럼 오랫동안 기약 없이 떠나는 것은 처음 있는 일입니다. 벌써부터 떠나보낼 생각만 하면 가슴 한가운데가 뻥 뚫린 것처럼 허전합니다. 아내는 며칠째 공연히 저나 아이들에게 짜증만 냅니다. 한마디로 안절부절못하고 있지요.

지금 지원이 나이 스무 살에 난 무엇을 생각했고 또 무엇을 했을까, 가만히 돌아봅니다. 저 역시 그 나이에 처음으로 부모님 곁을 떠났습니다. 모든 것을 제 스스로 판단하고 결정해야 했고, 아파도 혼자 견뎌내야 했습니다. 부모님이 왜 '하지 마라' 했는지를 깨닫고는 후회도 해보고 홀로 울어보기도 했지요.

지원이가 떠나는 날 아침, 전 짧은 편지 한 장을 전할 생각입니다. 그 편지에는 아마도 '하지 말라'는 당부로 가득 찰지 모릅니다. 가능하면 '해라'는 말로 대신하려 노력은 해보겠지만, 어쩌겠습니까. 그게 부모 마음인 것을. 2007

인생에 하찮은 경험이 어디 있겠어요

여러 가지 단점에도 불구하고, 아내를 존경할 수밖에 없는 이유가 있습니다.

지금까지 살면서 제가 겪지 못한 엄청난 경험들을, 아내는 1~2년 사이 한꺼번에 겪었고 그것을 슬기롭게 잘 이겨냈기 때문이지요.

10년 전, 아내는 꽤 늦은 시기에 유방암에 걸린 사실을 알게 됐습니다. 올망졸망한 자식들을 두고 갈 수가 없던 아내는 그놈들을 삶의 버팀목 삼아 1년 만에 병상에서 일어날 수 있게 됐습니다.

불행은 늘 겹쳐 오는가 봅니다. 그즈음 강남에 빌딩까지 가지고 계시던 장인어른, 장모님은 사기를 당해 거리에 나앉을 판이 됐고, 결국 두 분 모두 화병으로 돌아가셨습니다. 졸지에 아내는 고아가 된 것이지요. 죽음의 문턱을, 부모님의 죽음을, 경제적 추락을 동시에 겪은 아내. 그녀는 세월 속에 그런 고통들을 찬찬히 묻어놓을 수 있는 지혜를 배우게 되었습니다. 그러면서 모든 일에 왜 감사해야 하는지, 남의 어려운 처지를 왜 이해하려고 노력해야 하는지를 알게 되었지요.

요즘 유난히 세상이 어지러워 제 주변에서도 실패담을 많이 듣게 됩니다. 사업 실패, 입시 낙방, 직장 퇴출, 직업을 구하지 못해 좌절하는 자식을 바라보는 부모의 안타까운 심정….

상대적으로 대단한 게 아니라고 비교하기 위해 제 아내의 예를 든 것은 아닙니다. 인생에 있어 하찮은 경험이 어디 있겠으며 건너뛸 수 있는 고통이 어디 있겠습니까. 그보다는 어떤 실패나 고통도 삶을 포기할 만큼 절대적이지는 않다는 것. 그리고 그걸 용기 있게 이겨내면서 만나게 되는 깊은 지혜와 참다운 우정을 말하고자 합니다. 2004

삶이 찌뿌드드한가요?

장마철 먹구름이 잔뜩 끼듯 가라앉은 제 마음이 가을 하늘처럼 환히 개는 때가 있습니다. 회사 건물에 있는 어린이극장에 입장하려고 나란히 줄 서 있는 어린아이들을 바라볼 때입니다. 재잘대는 아이들은 선생님의 '명령'에는 아랑곳을 않고 친구들과 장난치는 데 온 정신이 팔려 있습니다. 저도 고만했을 때는 정신없이 싸돌아다녔지요. 또 왜 그렇게 콧물은 많이 흘렸는지…. 엄마가 늘 제 왼쪽 가슴에 손수건 한 장을 옷핀으로 꿰어주고 수시로 코를 닦아줬던 기억이 납니다. 그런데 요즘 아이들은 확실히 저희 때보단 깨끗합니다. 더 맑고 더 천진해 보입니다. 초롱초롱한 눈망울은 샛별처럼 반짝거립니다.

병아리 눈빛들이 일제히 저를 바라볼 때가 있습니다. 제가 큰

소리로 인사를 했기 때문이지요. "안녕하세요!" 깜짝 놀란 아이들은 호기심 반, 두려움 반 제 얼굴을 빤히 쳐다봅니다. 덥수룩하게 수염이 난 걸 보면 할아버지 같기도 한데, 자세히 보면 잠시 후에 볼 아동극의 주인공 같기도 하고…. 호기심을 참지 못한 어느 장난꾸러기는 제 수염을 당겨보기까지 합니다. 진짜인지 가짜인지. 저한테는 그 순간처럼 행복한 때가 없습니다. 모두 내 아이 같고, 친구 같아 나도 모르게 짝꿍 손을 잡고 극장 안으로 따라 들어갈 것 같습니다.

어린아이 눈에는 무엇도 무심코 지나쳐지지 않지요. 아이들은 늘 동심(童心)의 세계에 어른들을 초대합니다. 하지만 정작 어른들은 그런 영광스런 초대를 아주 사소한 일로 지나쳐버립니다.

시간이 부족해서 쩔쩔매거나 재미있는 일이 없어서 무료하거나, 삶이 찌뿌드드한 분들이 있다면 언제든지 대학로 샘터파랑새극장으로 오세요. 연극 구경을 하라는 말씀이 아닙니다. 아니면 가까운 유치원에라도 가보세요. 지친 몸을 추스르고 일상의 피로를 풀어주는 것은 거창하고 요란한 자극이 아닙니다. 생기 넘치는 아이들, 호기심이 가득 찬 아이들의 눈망울을 바라보

는, 아주 '사소한 기쁨'에서 온다는 사실을 느낄 수 있을 것입니다. 2005

온 정신을 쏟아서 잘

일주일간 캐나다 몬트리올에 다녀왔습니다. 대한출판문화협회(KPA) 대표의 일원으로, 2008년 국제출판협회(IPA)의 서울 총회를 위한 준비 회의와 저작권 심포지엄에 참석한 것입니다.

고백하건데, 이번 출장을 앞두고 전 고민이 많았습니다. 이런 중요한 국제회의에 직접 참석해본 경험도 없을뿐더러, 특히 영어에 자신이 없었기 때문이지요. 말 한마디 뻥끗 잘못하면 감당할 수 없이 큰 결과로 되돌아올 수 있다는 부담감도 컸지만 무엇보다 "대학, 대학원까지 미국에서 나온 사람이 영어를 그 정도밖에 못하냐?"라는 비난을 받을 게 두려웠습니다. 그래서 사전에 국제회의 준비를 위한 영어 회화 책도 사보고, 경험이 많은 사람을 찾아가 자문도 구해봤습니다. 하지만 자신감은커녕 오히려 불안감만 더 풍선처럼 커졌을 뿐입니다.

'궁하면 통한다'는 말이 있지요. 결과적으로, 출장은 만족스러웠습니다. 걱정한 것처럼 등에 식은땀이 흐를 정도로 긴박한 상황은 일어나지 않았습니다. 또한 일상 대화도 큰 불편이 없었습니다. 저 스스로 놀라기까지 했지요. 정말 오랜만에 써보는 영어였는데 말입니다.

사실 요령이 있었습니다. 그건 바로 말을 '잘하기'보다는 '잘 듣기'였습니다. '온 정신을 쏟아서 잘 듣자. 잘 모르면 모른다고 하자. 모르는 것이 창피한 게 아니라 아는 체하는 것이 더 부끄러운 것이다.' 상대방의 눈과 입을 똑바로 보고 한마디라도 놓치지 않겠다는 자세가 먹힌 것입니다.

올 한 해의 목표를 '잘 듣기'로 정한 걸 누군가 알아본 걸까요? 우연인지, 아니면 흐트러지기 쉬운 한 해의 중간 지점에서 스스로를 재점검해보라고 '보이지 않는 손'이 기회를 주는 것인지 새삼 감사할 따름입니다. 2006

자신이 어떻게 살고 있는지 궁금하다면

기쁠 때보다는 슬플 때 마음을 나누는 것이 오래 남습니다. 그래서인지 결혼식장에서보다는 상가(喪家)에서 보고, 듣고, 배우는 게 훨씬 많습니다. 우선 상가에 가보면 돌아가신 분이나 상주가 평소에 어떤 삶을 살았는지 아주 구체적이진 않더라도 대략은 알 수 있습니다. 그건 문상객의 숫자와는 결코 무관합니다.

대부분 조문객 수는 상주의 현재 위치에 좌우됩니다. 한자리하고 있는 현역이냐 아니냐에 따라 크게 달라집니다. '정승 집 개가 죽으면 문전성시를 이루지만 정승이 죽으면 사람이 없다'는 옛말이 있지요. 정말 맞는 말입니다. 어찌 보면 그건 한탄할 일이 아니라 당연한 세상인심이고 이치라고 받아들여야 할 일

입니다. 그렇다면 '죽어도 결국 남는 것은 돈이나 권력, 명예다'
라고 쉽게 결론지을 수도 있겠습니다.

그러나 정말 드물지만 아주 의외의 경우도 만나게 됩니다. 살아 계실 때 특별한 감투를 가진 적도 없고, 상주 역시 평범한 회사에서 평범한 일을 하고 있는데도 조문객의 문상이 밤늦도록 이어지는 경우가 있습니다. 최근에 돌아가신 화가 김점선 선생의 경우가 그렇습니다. 제가 보기엔 돈이나 권력, 명예 이외에 또 다른 제4의 그 무엇이 주변 사람들의 마음을 크게 흔들었기 때문입니다.

한 분의 고인을 앞에 두고 감히 '잘 살았다', '못 살았다'는 평을 하고자 하는 것이 아닙니다. 그건 우리 인간의 판단을 벗어나는 일일 것입니다. 다만 나 자신이 지금 현재 어떤 삶을 살고 있는지 자문해보고 싶거나, 어떻게 살다가 죽었다고 남들은 얘기를 하는지 속세의 기준이 궁금하다면 그건 책이 아니라 직접 상가를 찾아가보면 알 듯싶습니다. 2009

황금 물고기를 찾고 있나요?

세상에서 가장 푸른 바닷가, 낡은 오두막집에 할아버지 할머니가 살고 있었어. 할아버지는 그물로 고기를 잡고 할머니는 실을 짰지. 꼭 33년째 되던 어느 날, 할아버지는 평소에 진흙만 잔뜩 걸려 나오던 그물에서 황금빛의, 그것도 사람의 말을 하는 물고기를 잡았던 거야. "저를 살려주셔요. 저를 살려주시면 모든 소원을 들어드릴게요."

할아버지는 "나는 아무것도 필요 없구나. 신이 너를 지켜줄 거야, 황금 물고기야!" 하고 물고기를 놓아주었어. 그런데 집에 돌아와 그날 낮에 있었던 일을 얘기했더니 난리가 난 거야. "바보 영감탱이야. 준다는데도 못 받아 와? 다 부서진 우리 집 빨래통이라도 바꿔달라고 하지." 할아버지는 바닷가로 가서 잔잔한 물결 사이로 황금 물고기를 찾았지.

"무엇이 필요하세요?"

"불쌍히 여겨다오. 할멈이 늙은 나를 가만히 두지 않는구나. 새 빨래통이 필요하다는구나."

집에 돌아온 할아버지는 깜짝 놀랐어. 아주 크고, 단단한 빨래통이 눈에 띄었기 때문이지. 할머니는 즉시 "이봐, 바보 영감! 빨래통 가지고 되겠어? 통나무집이라도 만들어달라고 해야지"라고 했고 할아버지가 다시 황금 물고기에게 사정하자 오두막집은 예쁜 통나무집으로 바뀌었지. 하지만 여전히 할머니는 만족하지 못했고, 통나무집보다는 큰 저택에서 비싼 모피를 입고, 금실로 짠 머릿수건을 두르고, 진주 목걸이를 걸친 채 하인의 시중을 받고 싶었지. 황금 물고기는 할머니가 원하는 대로 모두 해줬어.

그런데 점점 욕심이 사나워진 할머니는 결국에 여황(女皇)까지 됐고, 그것도 성이 안 차 용왕이 되고자 했지. 할아버지는 감히 거역할 수 없었어. 그날의 바다는 폭풍이 심하게 몰아쳤고 황금 물고기는 아무 말도 않고 꼬리를 휘저으며 바닷속으로 사라졌어. 돌아온 집, 거기에는 옛날 그 낡은 오두막집이

서 있었지. 문턱에는 할머니가 멍하니 넋을 잃고 앉아 있었고
그 곁에는 부서진 빨래통 하나가 덩그러니 있을 뿐.

들어본 적 있으세요? 우리에게 시인으로 더 알려진 러시아의
알렉산드르 세르게예비치 푸시킨(1799~1837)이 쓴 동화 〈황금
물고기〉입니다. 아직도 우리 주위에 저 할머니 같은 분들이 많
은 것 같습니다.

Part 3

정과 추억이 듬뿍듬뿍 든

제 자동차는 나이가 좀 들었습니다. 1998년형 1,500cc 소형, 19만km를 달렸으니 사람으로 치면 환갑, 진갑은 족히 넘은 셈이지요. 물론 그동안 바퀴도 네 차례, 미션도 한 번 교체하고, 여기저기 부딪혀 난 타박상을 고치느라 적지 않은 비용을 지불했지만 엔진만은 소년 때의 맑고 고운 목소리를 여전히 유지하고 있습니다.

저는 제 차에 대만족입니다. 하지만 주변에선 말들이 많습니다. "사장이 그런 후진 차를 몰고 다니면 회사 체면이 뭐가 되겠나?", "도대체 왜 그렇게 없는 척을 하나?", "직원들이 불편해하지 않나?" 사실 처음엔 주위의 시선이 편치는 않았습니다. 호텔이나 무슨 고급스런 장소에 차를 몰고 가면 손님 대접은커녕

종업원으로 오해를 받았지요. 나중에야 돈 쓰러 온 사람이란 걸 알고는 머쓱해하는 경우를 여러 번 겪었습니다. 주변에서 하도 못살게(?) 굴어 잠시 장기 렌터카라도 타볼까 생각했지만 곧 접었습니다. 주인의 배반을 이 차가 눈치채기라도 하면 얼마나 실망할까 하는 생각 때문입니다.

제 차는 비록 외양은 낡고 찌그러졌지만 정과 추억이 듬뿍듬 뿍 들었습니다. 이 차를 구입할 때 초등학교 3학년인 둘째 아들 이 '아주아주 천천히 차를 몰라'고 거북이 인형을 선물했습니

다. 그 인형이 아직 앞 유리창에 고이 모셔져 있습니다(그래선지 지금껏 큰 사고는 없었지요). 그리고 운전석 옆자리에는 유명한 분들이 많이 탔습니다. 피천득 선생님, 법정 스님… 또 지금은 건강해지신 이해인*수녀님. 아버지, 어머니도 자주는 아니더라도 모셨고, 식구들과 길고 짧은 여행을 하면서 많이 싸우기도 했지만 또 많이 웃기도 한 행복의 공간이었습니다.

단골 정비소 아저씨도 "한 10년은 더 몰 수 있다"고 합니다. 잘 모르겠습니다. 10년을 더 이 차와 동고동락할 수 있을지…. 여하튼 분명한 것은 사람이든 자동차든, 인연의 끈은 참 모질게도 길고 끈끈하다는 것입니다.

* 수녀이자 시인(1945~). 자연과 삶을 따뜻하고 서정적으로 그린 시로 대중과 소통해왔다. 암 투병을 이겨내고 삶의 기쁨을 전하는 작품 활동을 이어가고 있다. 근간《기다리는 행복》을 비롯해《꽃이 지고 나면 잎이 보이듯이》,《사랑할 땐 별이 되고》,《고운 새는 어디에 숨었을까》등의 책을 썼다.

인생 뭐 있나, 즐겁게 사는 거지

벌써 7월입니다. 반환점을 돌아 결승점으로 향하는 마라토너의 기분입니다.

'이제 절반은 해냈다'는 성취감과 '그새 난 무엇을 했나' 하는 아쉬움이 동시에 듭니다. 사실 안타까움이 더 큽니다. 아니 성급함, 조급함이겠지요. 시간은 멈추지 않는다는 것, 세월은 유수와 같다는 것을 언제야 진정 깨닫게 될까요? 새해 첫날 나 자신에게 했던 약속을 되새겨봅니다. '마음의 속도를 지키자.'

그동안 몸과 마음이 따로 놀았습니다. 마음이 과속을 한 듯하기도 합니다. 속도 초과를 알리는 빨간불 신호가 들어올 때면 책을 읽거나 무턱대고 산에 올라가거나, 열심히 검도를 했습니다. 명상을 통해 들숨과 날숨을 한 숨, 한 숨 세어도 보았습니다. 그런데도 마음의 날씨는 '흐림 때때로 비'가 더 많았습니다. 구름 한 점 없이 맑게 갠 날은 가물에 콩 나듯 했습니다.

다시 조용히 눈을 감아봅니다. 그리고 기도를 해봅니다. 부탁이 아닌 대화의 기도를. 어떻게 하면 나 자신의 속도를 지키며 그 속에서 평안과 여유를 유지할 수 있을까. 이유도 모른 채 밀려오는 불안감의 실체는 무엇일까. 온전한 마음의 평화가 인간 세상에 존재하기는 하는 것일까. 그렇다면 깨달음이란 무엇인가. 여전히 의문은 꼬리에 꼬리를 물고 이어집니다.

"사는 게 별거 아니야. 즐겁게 사는 것이지." 어느 선배가 늘 입버릇처럼 되새기는 말이 불현듯 생각납니다.

얼마 후엔 휴가철이 시작됩니다. 인산인해, 예외 없이 산과 바다는 휴식을 즐기는 사람들로 넘쳐나겠지요. 저 역시 이 귀한 시간 동안 어깨의 짐을 잠시 내려놓고 찬찬히 그리고 진지하게 지나간 시간과 다가올 시간을 짚어보려고 합니다.

그런데, 선배의 말이 되풀이되어 제 가슴에 와닿는 까닭은 무엇일까요. 2005

나부터 잘하자

〈

나이가 들긴 들었나 봅니다. 전보다 확실히 거슬리는 것이 눈에 많이 띕니다. 앞차가 깜빡이도 켜지 않고 좌회전하는 것을 보면 거침없이 입에서 욕이 튀어나옵니다. 회사 담벼락에 함부로 버려진 가래침과 담배꽁초를 보면 그 당사자를 한 대 쥐어박고 싶어집니다. 헬스장에서도 마찬가지입니다. 자신이 사용한 운동복과 수건을 수거통에 잘 집어넣어도 될 걸 뭐가 그리 바쁜지 번데기 허물 벗듯 고스란히 벗어놓고 가버리는 젊은 친구들을 보면 갑자기 울화통까지 터집니다. '내가 대신 치우면 되지. 그러다 보면 본인이 뉘우치겠지.' 그런 마음을 갖다가도 매번 되풀이되는 것을 보면 해도 해도 너무하다는 생각마저 듭니다. 길거리, 지하철에선 또 어떤가요. 앞사람, 옆 사람은 전혀 아랑곳하지 않고 스마트폰에 열중합니다. 횡단보도의 빨간불도, 그 길을 지나가는 덤프트럭도 전혀 무섭지 않아 보입니다.

왜 세상이 이렇게 됐을까? 다른 나라도 이럴까? 혼자 혹은 우리 나이 또래 친구들이 모이면 맨날 이런 한탄을 합니다. 이 꼴 저 꼴 보기 싫어서 산에 많이 가나 봅니다. 그런데 산에 가도 마찬가지입니다. 사람들이 안 보면 담배 피우고 쓰레기를 훅 버립니다. 빤히 바라봐도 못 본 척 아주 태연합니다. 나이는 50~60대로 보입니다.

세월호 이후 만나는 사람마다 이대로의 대한민국은 안 된다고 소리를 높입니다. 그토록 세계 강국인 것처럼 위세를 떨었는데 민얼굴이 아님을 알아차린 듯합니다. 이런 나라에서 사는 것이 창피하다고 말합니다. 온갖 욕을 다 쏟아놓고 나면 마음이 개운할 줄 알았는데, 전보다 더 푹 가라앉습니다. 왜냐하면 다른 사람의 얘기가 아니라 우리의 이야기이기 때문이지요. 세상을 바꾸는 것은 선거라고 하지만 우리의 일상을 바꾸는 건 한 사람 한 사람의 몫이라는 생각이 더 듭니다. 나부터 잘하자.
2014

나 참 욕심이 많지?

피천득 선생님, 법정 스님, 이해인 수녀님.

어떤 좋은 인연으로 한 시대에 세 어른을 이렇게 가까이 모실 수 있었던 건 저에겐 큰 행운이고 복입니다. 그분들의 말씀 한 마디, 넉넉한 웃음 한 모금이 때론 제 마음의 그늘을 말끔히 씻어주는 청량제 역할을 하기도 하지요.

세 분이 모두 유명하시고 글을 아주 잘 쓰시는 베스트셀러 작가라는 공통점 말고도 종교를 초월해서 서로 같은 인생관이 있음을 보게 됩니다. 그건 바로 '모든 물건엔 각각 주인이 있다'고 생각하는 점입니다. 달리 보면 '모든 물건의 주인은 내가 아니다'로 볼 수도 있겠고, 한마디로 무소유의 삶이겠지요.

세 분 모두 늘 나눠주기를 좋아하십니다.

어렸을 적부터 피 선생님 댁에 가면 초콜릿 하나라도 손에 쥐여주지 않고는 배기지 못하셨습니다. 그건 사모님도 마찬가지십니다. 언젠가는 주실 만한 것이 없어서 그런지 천 마리 학을 접어 주시기도 했지요.

수녀님의 방은 친구들과 팬들이 보낸 온갖 편지와 선물로 가득합니다. 마치 우체국이나 정거장처럼, 그 방의 물건들은 추억만 남기고 다른 주인들을 찾아갑니다.

스님 역시, 글에 배어 있는 그대로의 삶을 사시고 있지요. 나눔의 삶….

그분들에겐 육체도 어찌 보면 한낱 물건(?)인지 모릅니다. 그렇지만 귀중한 물건이겠지요.

나눔이란 것이 결코 잃어버리는 것이 아니라는 것, 오히려 더 많고 귀중한 것을 얻게 된다는 것을 물 흐르듯 보여주시는 세 스승님께 감사합니다.

그런데 그런 삶을 사시는 분들께서 늘 똑같이 하는 말씀이 있습니다.

"나, 참 욕심이 많지?" 2004

남다른 특별 대접

〰

　단골의 이점은 무엇보다 남다른 '특별 대접'을 받을 수 있다는 것입니다. 저 역시 그런 맛에 길들여져서 새로운 모험을 시도하기보다는 그 가게, 그 사람을 자주 찾아가는 편이지요. 동네 목욕탕의 이발소 아저씨가 제 단골 1호입니다. 이발 경력 40년인 김씨 아저씨는 순전히 감으로 머리카락을 자릅니다. 본인의 말처럼 이제 예전 같지 않은 시력이지만 벽에 걸려 있는 기능올림픽 금상이 부끄럽지 않은 실력을 언제나 보여주시지요. 또 그분의 건 입을 통해 '사람들 이야기'를 전해 듣는 맛도 빼놓을 수 없습니다.

　"장관까지 하면 뭐 합니까? 전혀 존경받을 행동을 못 하는데…", "유명한 감독이라는데 기본 예의가 없어요", "저분은 참

한결같은 분이에요." 물론 내 돈 내고 서비스 받는 공식적인(?) 관계지만, 단골로서 전 늘 그 이상의 특별한 것들을 그분께 얻고, 배우게 됩니다. 최소한 제 행동거지를 바르게 해야겠구나 하는 마음을 갖도록 만들어주시지요.

단골 2호. 우리 회사 근처 구두 수선 아저씨, 아주머니입니다. 처음엔 두 사람이 부부인 것으로 오해했습니다. 어려운 시절 우연히 성당에서 만나 서로의 단점을 채워주는, 친오누이보다 더 친한 사이가 됐다는 것을 최근에 알게 됐지요. 몸이 약간 불편한 아저씨는 열심히 자전거를 타고 다니며 동네 구두를 모아서 가져가고, 아주머니는 이것들을 빛이 반짝반짝 나도록 정성스레 광을 냅니다. 환상의 커플이며 동업자이지요. 그리고 주말엔 다른 사람들을 위한 봉사활동에도 빠짐없이 앞장섭니다. 얼굴과 손에 잔뜩 묻은 새카만 구두약 뒤편에서 맑게 빛나는 그들의 눈을 바라보고 있노라면 제 마음이 경건해집니다. 그리고 순간 부끄러워집니다.

단골의 다른 말은 아마 이웃이겠지요. 좋은 이웃들이 삶의 스승이 되기도 합니다.

빨리빨리 천천히

가끔은 '엉뚱한 생각'을 하는 게 재미있습니다. 발명가가 아닌 평범한 사람들도 발상의 전환이 필요하다고 합니다. 그래야 창의적인 생각으로 이어지고, 무엇보다 삶이 지루해지지 않을 테니까요. 저도 예외는 아닙니다. 저의 요즘 '엉뚱한 생각'은 세상을 빨리빨리 사는 게 좋은지, 아님 천천히 살아가는 게 좋은가 하는 것입니다. 그래서 구체적으로 어떤 때 빠른 게 좋고, 반대로 어떤 경우에 천천히 사는 게 좋은지 한번 나눠서 열거해 봤습니다. 그냥 재미 삼아 참고해주십시오.

빨리빨리: 세수나 샤워(물을 아끼기 위해), 숙제(빨리하고 놀기 위해), 공부나 일(하지만 분명하고 정확히 하는 게 더 중요), 횡단보

도 건너기(요즘 스마트폰에 빠져 위험천만), 올림픽에서 달리기·
수영 등등

천천히: 운전(그렇다고 뒤에 따라오는 차 무시하고 마냥 느리게 가
는 것은 오히려 사고 위험), 걷기, 풍경 보기, 밥 먹고 밥 차리기,
목욕, 대화(자기 말만 앞질러 하고 남의 말은 전혀 안 듣는 건 곤란),
중대한 결정(전쟁처럼 화급을 다투는 경우는 제외), 커피 마시기,
숨 쉬기, 책 읽기, 손톱 깎기, 사랑 나누기 등등

어떠세요? 금세 느껴지시죠? 확실히 빨리빨리 해야 더 좋은
일상의 삶은 많아 보이질 않습니다. 대신 천천히 음미하면서 살
아야 훨씬 더 제맛이 나는 일이 열 배, 백배 많습니다. 그런데도
우린, 아니 나는 왜 아침에 눈뜨고, 밤에 잠자리에 들 때까지 빨
리빨리 허둥대며 사는 걸까요?

결론은 아직도 나 자신의 삶의 속도를 찾지 못하고 있다는 것
입니다. 그래서 불안하고, 협심증 환자처럼 늘 가슴이 갑갑하
고…. 삶이 다시 잔잔한 호수처럼 느껴지도록 나 자신의 템포를
찾아봐야겠습니다.

도둑에게 감사합니다

새벽에 미국에서 미술 공부를 하고 있는 큰아이한테서 전화가 왔습니다. 넋 빠진 목소리로. "우리 작업실이 불에 몽땅 타버렸어요. 4년 동안 그렸던 작품은 물론이고 붓, 물감, 모아놓은 책까지 모조리…."

마지막 졸업 작품전을 코앞에 두고 절망에 빠진 아들에게 이 말밖에는 할 수 없었습니다. "다치진 않았니? 그럼 됐다…."

늦게, 어렵게 운명처럼 시작한 미술. 새벽 3~4시까지 밤새워 그렸던 분신 같은 그림들. 이 모든 것이 하루아침에 사라져버린 아들을 어떤 말로 위로할 수 있겠습니까.

쿵당쿵당거리는 가슴은 차가운 얼음물로도 진정시킬 수 없었습니다. 전화는 끊었지만 자꾸 아들의 목소리가 제 귓속에 메아리쳤습니다. 순간, 4년 전 돌아가신 장영희 교수님이 생각났습니다.

6년간 고생하며 최종 마무리한 박사 논문을 넣어둔 가방을 송두리째 도둑맞았던 장 교수님(당시는 컴퓨터로 문서를 입력하던 시절이 아니었지요). 아무것도 먹지 못하고 꼬박 사흘 밤낮을 기숙사 방에 틀어박혀 절망, 포기, 자살만을 생각했던 그녀는, 다시 벌떡 일어나 1년 후엔 훨씬 훌륭한 논문으로 학위를 받아냈습니다. 더구나 '내게 생명을 준 부모님뿐 아니라 내 논문 원고를 훔쳐 가서 내게 삶에서 가장 중요한 교훈, 다시 시작하는 법을 가르쳐준 도둑에게 감사합니다'라는 논문 헌사까지 쓰는 인생 역전을 이루어냈지요.

지금 이 순간, 절망 속에 힘들어할 아들에게 저는 장 교수님의 한마디를 꼭 전해주고 싶습니다. "인생이 짧다지만 '다시 시작하는 법'을 배우기 위해 1년은 충분히 투자할 가치가 있단다." 2013

새로운 책을 만나는 기분

한 달에 두 번 독서 모임이 있습니다. 변호사, 재무 관리사, CEO, 교사 등 다양한 업종에서 일하는 분들이 오로지 책이 좋아서 모입니다. 책도 한 분야에 멈추지 않고 소설, 시, 자기계발 등 여러 세계를 고루 누비고 다니지요. 저는 바쁘다는 핑계로 절반밖에 참석은 못 하지만 이분들의 학구열에는 늘 감탄하고 자극을 받습니다.

저자를 초청해 책에 못다 쓴 진솔한 경험을 듣기도 하고, 각자 토론을 통해 같은 책을 보고도 이렇게 다른 생각을 할 수 있다는 사실을 알고 함께 놀라기도 합니다. 가끔은 아주 지루한 책과 씨름하다 책을 집어던지고 싶을 때도 있지만 또 어떤 때는 빨간 줄을 그어가며 한 글자도 놓치지 않고 읽을 때도 있지요.

새로운 책을 만나는 기분은 연애할 때 기분과 비슷합니다. 어떤 때는 첫 페이지를 펼칠 때부터 심장이 두근거리기까지 합니다. '야! 이런 책을 우리 회사에서 먼저 냈어야 했는데…' 아쉬움과 시기심이 느껴질 때도 있고, 또 '이딴 책을 내니 요즘 독자들이 책을 안 읽지!' 하는 안타까운 종이 뭉치(?)를 만나 실망하기도 합니다.

책마다 작가의 그릇이 있습니다. 한마디로 실력이 있는 그대로 드러나지요. 작가가 머리와 입과 손끝으로만 글을 쓰는지, 아님 세상을 숱하게 걸어본 발과 뜨거운 사막의 가슴, 눈물로 썼는지 대번에 알 수 있습니다. 그건 그 책을 덮는 즉시 알게 됩니다. 다시 펴보고 싶다면 그건 분명 후자이지요.

책을 읽는 이유는 사람마다 다를 것입니다. 하지만 한 가지 분명한 것은 내가 그 책을 읽기 전과 후의 생각과 간접경험이 달라질 수 있다는 것 아닐까요. 무한한 삶의 경험을 모두 본인만의 체험으로 채울 수는 없습니다. 자신만의 좁은 세상에서 보다 넓고, 다양한 삶을 여행할 수 있는 책의 세상에 한번 빠져보는 것도 나쁘지 않을 것입니다.

007이 되고 싶었습니다

요 며칠 밤잠을 설쳐가며 새벽까지 TV 앞에 앉아 있던 사람이 저뿐이겠습니까? 자명종도 맞춰놓지 않았는데 우리 선수들 시합이 있으면 눈이 번쩍 떠지는 게 참 신기했습니다. 박태환의 400m 결승전 때도 그랬고, 여자 양궁 단체전 때도 마찬가지였습니다. 마치 어렸을 적 소풍 가는 날은 엄마가 깨우지 않아도 벌떡 일어났던 것처럼. 아무튼 이날을 위해 만 4년 동안 그 피끓는 젊음을 억누르며 하고 싶은 것, 놀고 싶은 모든 것을 참아온 대한의 젊은이들에게 찬사를 보냅니다. 금메달이냐 동메달이냐는 정말 중요하지 않습니다.

어렸을 적 별스러운 꿈이 하나 있었습니다. 007 제임스 본드. 예쁜 여자들의 인기를 한 몸에 받아가며 악의 무리들을 철

저히 깨부수는 정의의 사도. 사막이나 북극에 혼자 떨어져도 살아날 수 있는 만능인! 진짜 저는 007이 되고 싶었습니다. 당연히 007 시리즈 영화는 하나도 빠짐없이 봤지요. 한 편당 평균 대여섯 번은 봤을 겁니다. 제임스 본드가 되기 위해서는 우선 만능 스포츠맨이 되어야겠다는 생각에 합기도, 패러글라이딩, 스킨스쿠버, 테니스, 축구, 야구, 농구, 골프, 등산, 마라톤 등 다양한 운동을 섭렵했지요. 그런데 007은 나의 현실이 결코 될 수 없으며 환상과 같다는 '스스로와의 타협'에 굴복하고 포기하고 말았습니다. 하지만 아직도 가슴 한구석에 설렘이 남아 있는 것은 사실입니다.

꿈을 포기했다고 전혀 소득이 없던 건 아닙니다. 대신 튼튼한 몸을 유지할 수 있게 됐고, 스포츠의 참다운 매력을 더 깊이 느낄 수 있게 됐습니다. 끈기와 인내, 집중력 그리고 할 수 있다는 긍정적인 사고!

어렸을 적 조금 더 현명하거나 현실적이었다면 아마 007이 아닌 올림픽 대표 선수를 목표로 삼았을지 모릅니다. 그런 제게 친구가 한마디 합니다. "지금도 할 수 있어. 사격 같은 종목은 나이가 들어서도 가능해!" 2012

160세가 넘는 인생

"아버지 외롭지 않으세요?"

"괜찮다. 홀아비 연습, 잘하고 있다."

미국에 사는 조카 의연이의 결혼식에 간 어머니를 매일같이 찾으면서도 아버지는 오늘도 빈말을 하십니다. 이래서 가끔씩 떨어져 있어봐야 부부간의 금실이 더 좋아진다고 하나 봅니다. 어머니의 빈자리를 잠시라도 메우는 역할은 자식들 몫이지요. 덕분에 그사이 못 나누었던 이야기보따리를 이참에 한껏 풀어놓았습니다.

구순을 바라보는 아버지의 옛이야기는 파노라마처럼 흘러갑니다. 코흘리개 시절 대동강을 헤엄쳐 건너가다 죽을 뻔한 일, 할아버지가 그 강에서 잡으신 숭어를 맛나게 먹던 기억, 초등학교 시절 일본인 교장이 훈시하던 바로 그때, 하필 친구가 뀐 방귀 소리에 웃음이 터져 '못된 조센징'이라고 실컷 얻어맞았던 일. 지금껏 수백 번도 더 들었을 이야기들이 오늘따라 이상하게 다 새롭습니다. 한국전쟁 때 어머니와의 운명적인 만남, 부산 피난 시절의 결혼, 어느덧 60년의 세월이 흘렀습니다.

그사이 두 분은 아들 넷 며느리 넷, 여덟 명의 손자·손녀를 둔 부자(?)가 되었고, 보름 전에는 기다리고 기다리던 증손주 소식도 들었습니다. 마침 그날은 어머니의 여든 번째 생일이었습니다.

"어머니, 저희가 이렇게 좋은 세상 볼 수 있도록 태어나주셔서 감사합니다."

"그보다 더 좋은 일 있다!"

"그게 뭔데? 아버지가 아침에 뽀뽀해줬어?"

"뽀뽀는 무슨? 그보다 백배, 천배 반가운 일!"

맏손자 며느리의 임신 소식은 그렇게 부모님에겐 세상 무엇과도 바꿀 수 없는 기쁨이었습니다. 아직은 낯선 할아버지란 호칭에 저도 곧 익숙해지겠지요?

저 멀고 먼 우주 끝에서 날아온 작은 씨앗이 이렇게 번지고 또 자랄 것이라 그 누가 알았을까요. 두 분 연세를 합쳐 160세가 넘는 아버지, 어머니는 아는 듯 모르는 듯 빙그레 웃기만 하십니다. 2011

지구가 도대체 왜 이러지?

〜

정말 하늘이 뻥 뚫린 게 아닐까 싶었습니다. 전혀 고마운 비가 아니었습니다. 모처럼 잠깐 개인 듯싶어 산에 올랐지요. 등산로 입구부터 우당탕탕, 계곡물 소리는 위압감을 주기에 충분했습니다. 그래도 저의 애목, 산벚나무는 그 자리에 그대로 굳건히 서 있었습니다. 너무나 반갑고 고마워 한참 동안 껴안았습니다.

잎사귀는 총알 같은 빗방울을 맞아서인지 펑펑 구멍이 뚫리긴 했지만 그런대로 가지에 잘 버티고 있었습니다. 곁에 있는 큰 바위에 더럭 누웠습니다. 쌍쌍이 나비도 춤을 추고, 높이 날고 있는 잠자리는 독수리처럼 늠름해 보입니다. 거미도 그동안 굶주린 듯 3~4m 거리의 가지 사이로 기다랗게 줄을 치고 먹잇

감을 기다립니다.

'어, 지구가 도대체 왜 이러지?' 화산 폭발, 쓰나미, 100년 만의 폭우…. 세상의 모든 근심 걱정이 금세 잠잠해지는 듯합니다. 지구온난화 때문에 앞으로 60년 후인 2070년부터는 태백산과 소백산 인근 내륙을 제외한 남한 전역이 아열대가 된다는 기상청의 관측 전망도 있고, 평균기온이 3.3℃ 상승해 아예 한반도에서 겨울이 사라질 수도 있다는 과학자의 얘기도 들립니다. 꼭 과학을 들먹이지 않더라도 우린 온몸으로 체험합니다. 어릴 적엔 전라도 담양에 가야 볼 수 있던 큰 대나무를 이젠 어디서든 쉽게 볼 수 있고, 신기하리만큼 정확했던 24절기는 이젠 달력 속에만 남아 있다는 것을.

매번 천재지변이냐 인재냐로 말다툼을 벌이는 것은 사람들밖에 없습니다. 자연은 말을 하지 않습니다. 아니, 인간의 언어로 말하지 않는 것뿐이지 사실 어떤 형태로든 우리에게 전해주고 있습니다. "조심해라, 조심해라!" 이젠 정말 자연의 소리를 들어야 하고 자연과 진지하게 대화를 나누어야 할 때입니다. 일방적인 인간의 욕심과 무분별한 행동은 더 이상 통하지 않는 한계치에 온 것이 아닌가 싶습니다. 자연과의 대화는 말이 필요

치 않습니다. 침묵이면 충분합니다. 그러면 자연은 위대한 소리
를 내기 시작합니다. 우린 그저 듣기만 하면 됩니다. 2010

벌레와 같은 혜안을 주시옵소서

}

사과, 감, 대추, 밤…. 결실의 계절, 가을입니다. 주머니는 허전해도 왠지 따뜻한 것 같고, 평소와 달리 만사에 너그러워지고 싶은 때입니다.

밥보다 과일을 더 좋아하는 아내에게 물었습니다.

"당신은 과일을 고를 때 무얼 제일 중요하게 봐?"

"당연히 맛이지."

"그럼 먼저 맛을 한번 보고 사나?"

"꼭 그런 건 아니지만 대충 예쁜 모양을 보면 알지 않아?"

이 사람이 무슨 말을 꺼내려고 이러나, 아내는 살짝 의심스러운 눈초리로 저를 쳐다봅니다.

"벌레 먹은 밤, 까치가 먹다 남은 감!" 제 말에 아내는 금세 맞

장구를 칩니다. "맞다, 맞아."

오래전부터 벌레가, 까치가 아니, 수많은 동물이 어떻게 맛을 알아낼 수 있을까 궁금했습니다. 그저 배고프면 아무것이나 다 먹을 텐데 꼭 맛있는 것만 찾아서 먹는 그 감각, 지혜는 어디에서 오는 것일까요? 겉모양이 아닌 속에 담긴 내용물의 진가를 알아내는 비법은 무엇일까요? 제 호기심은 꼬리에 꼬리를 뭅니다.

그렇다면 이런 곤충, 동물들의 본능을 사람도 배워 세상사의 겉포장을 걷어내 버리고 화장을 지운, 내면 그대로를 꿰뚫어볼 수는 없을까요. 그래서 청문회를 하지 않아도, 가식적인 정치인들의 말장난을 듣지 않아도 'O, X'를 순식간에 결정할 수 있다면 세상에 낭비가 얼마나 줄어들까요.

이 가을의 한가운데서 기도드립니다. "벌레, 까치와 같은 능력, 혜안을 주시옵소서. 저한테만 주기 부담스러우시면 나라의 중요한 일을 결정해야 하는 날 하루만이라도 골고루 나눠주시면 대단히 감사하겠습니다."

내 등짝 한번 밀어주라

정말 오랜만에 작은아들과 목욕탕에 함께 갔습니다. 지난번에 같이 갔던 게 언제던가… 가물가물합니다. 녀석이 코흘리개 때에는 물장난하는 맛에 자주 따라다녔지요. 그러던 게 점점 머리가 커지자 같이 가자고 하면 무슨 변태 보듯 하니 저도 싫었습니다.

그러다 이번에 아들에게 말했지요. "내 등짝 한번 밀어주라. 소원이다." 소원이라는 말에 아들은 토끼 눈을 하고 되물었습니다. "정말?"

네, 사실입니다. 저는 신혼 초 아내에게 아들을 꼭 낳고 싶다고 했습니다. 아내는 이유를 물었습니다. "아들하고 목욕탕 가고 싶어서. 가끔 아버지와 아들이 번갈아가며 등 밀어주는 모습

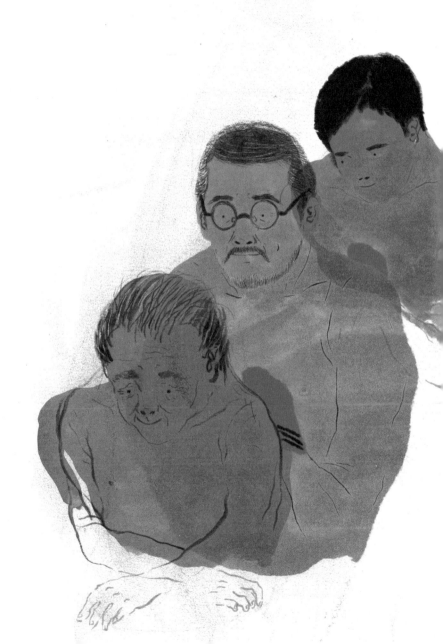

이 너무나 좋아 보였어."

정말 좋았습니다. 목욕한 지 일주일이 지난 지금도 등짝이 근질근질하지 않고 한여름임에도 깔끔한 느낌이 듭니다. 제가 보기에도 아들은 정성을 다했습니다. "아빠, 살 빠졌네!" 하면서 이쪽저쪽 빠짐없이 빡빡 밀어주는 아들에게 고마운 마음이 들었습니다.

피천득 선생님과 아버지가 동시에 생각납니다. 살아생전 무슨 인연인지 피 선생님을 자주 모시고 목욕탕에 갔습니다. 아흔이 넘은 할아버지를 모시고 바닥이 미끄러운 목욕탕에 가는 건 생각보다 쉽지 않았습니다. 솔직히 너무 조심스러웠고 귀찮기도 했습니다. 하지만 "이게 천국이지!" 하며 해맑게 웃으시는 피 선생님의 모습 때문에 속마음을 드러내지 못했지요. 그땐 이런 생각도 했습니다. '정작 내 아버지는 평생 한 번도 등을 밀어드린 적이 없으면서 이게 뭔 일이지…' 피 선생님, 아버지 모두에게 죄송해 마음이 편치 못했습니다. 지금도 두 분을 생각하면 부끄럽습니다. 지금은 정말 제 혼신을 다해 목욕시켜 드리고, 발톱도 깎아드리고, 로션도 발라드릴 수 있는데. 하지만 늦었습니다.

아니, 늦은 게 아니지요. 아버지가 계시니 정말 다행입니다.

"아버지, 제가 등 한번 밀어드릴 테니까 목욕탕 같이 갈래요?"

다음 주 아버지의 반응이 정말 궁금합니다. 2013

여태껏 그런 해는 본 적이 없었어요

저와 친하지는 않지만 아주 특이한 이력을 가진 분을 알고 있습니다. 여의도에서 제법 큰 회사를 꾸려가던 그는 IMF 외환 위기 때인 1990년대 말, 가정과 사업을 한꺼번에 잃었습니다. 절망 끝에 물에 빠져 죽으려고 늦은 밤 차를 몰고 동쪽의 외딴 바닷가에 도착한 시각이 새벽 5시. 평소 술은 입에도 못 대던 그가 소주 한 병까지 사 들고는 차 안에서 짧은 유서 한 장을 썼답니다. 그러는 동안 차창 밖으로 깜깜한 어둠이 점차 옅어지는 게 느껴지더랍니다. 눈물로 범벅이 된 얼굴을 들자 마주친 것은 일출의 서막.

"처음엔 회색빛이었습니다. 그다음은 붉은색과 짙은 하늘색…. 아직 하늘엔 반달이 떠 있었지요. 저 먼바다에서 빨간 점

같은 게 살짝 솟는가 싶더니 순식간에 뜨거운 공 같은 것이…. 여태껏 그런 해는 본 적이 없었어요."

그분이 아직 살아 있으니 이런 경험담을 말할 수 있는 거겠지요. 해피엔딩입니다. 그 후 그는 재기에 성공하여 부자로 잘 살고 있습니다.

저에게도 남다른 일출의 기억이 있습니다. 몇 해 전 추석 때 찾았던 우즈베키스탄의 사막에서였습니다. 앞서 소개한 수평선의 일출이 아닌, 끝없는 사막의 지평선에서 본 일출. 마침 음력 보름이라 정반대편인 서쪽 하늘 끝에는 아주 동그란 달이 지고 있었지요. 태양과 보름달. 더더욱 잊지 못할 것은 일출을 본 그날 저녁의 풍경입니다. 태양이 떴던 동쪽 끝자리에 아침에 사라졌던 보름달이 다시 떠오르고, 낮 동안 이글거렸던 태양은 보름달과 반대쪽인 서쪽 끝으로 사라지는 모습. 전혀 기대치 못했던 광경이고 너무나 감동적인 순간이라 다른 어떤 생각도 하지 못했습니다. 그저 감탄사뿐이었지요. 해와 달의 기운을 동시에 받았지만 저는 그 후 그처럼 부자가 되지는 못했습니다. 그렇다고 불운이 닥치지도 않았으니 그게 행운이지요.

살면서 예상치 못한 자연의 풍광과 만난 건 저만이 아닐 것

입니다. 그렇지만 그 감동을 평생 잊지 않고 삶의 에너지로 재
충전해서 쓰는 사람은 많지 않은 것 같습니다. 여러분은 어떤가
요, 내일의 태양을 바라보는 마음 말입니다.

내려다보고 살아라

지난 추석 아내가 만든 송편을 한 입 깨물자마자 7년 전 돌아가신 외할머니가 불현듯 떠올랐습니다. 코끝이 찡해지고 목이 메었습니다. 달짝지근한 깨 때문인지 모르겠습니다. 할머니는 어렸을 적 제 생일 때마다 제가 세상에서 제일 좋아하는 깨떡 (송편)을 만들어서는 멀리서 이고 지고 오셨지요. 으레 제 생일은 깨떡 먹는 날로 여겼을 정도입니다. 다른 형들에겐 그런 정성을 보이지 않으셨는데 유독 저한테만은 드러내놓고 지극정성을 보이셨습니다.

지금 생각해보면 그럴 만한 이유가 없지 않았던 듯싶습니다. 늘 바쁘셨던 아버지, 어머니를 대신해 외할머니는 저를 품에 안고 키우셨습니다. 온갖 어리광 다 부리고, 잘 때는 엄마 대신 할

머니 가슴을 꼭 쥐고 잤지요. '집으로'란 영화에 나오는 시골 외
할머니와 외손자가 그때 우리 모습이었다고 보면 딱 들어맞습
니다. 형들이 보기엔 얼마나 눈꼴사나웠겠습니까. 그래선지 "저
기 네 할머니 오신다"는 작은형의 시기 어린 비아냥거림이 아
직 기억납니다.

할머니는 사십 중반부터 혼자가 되셨습니다. 폐결핵으로 돌
아가신 외할아버지 모습은 전혀 기억에 없습니다. 그땐 제가 세
살이었지요. 방문 위에 걸려 있던 영정 사진 속 '젊은이'는 장동
건보다 훨씬 더 미남이었습니다. 할머니는 늘 "손자 중에 네가
제일 많이 닮았어" 하셨지요. 그래서 절 그렇게 더 아끼셨는지
모르겠습니다.

제가 대학 시험에 낙방했을 때, 첫 직장 생활에 적응이 안 돼
힘들어할 때 할머니는 입버릇처럼 말씀하셨습니다. "내려다보
고 살아라." 이래저래 바쁘다는 핑계로 추석 때조차 어머니를
찾아뵙지 못했습니다. 그동안 내려다보지 못하고 너무 올려다
보고만 살아온 손자에게, 이 말씀을 깨떡 속에 담아 전해주시
려고 외할머니가 먼 곳에서 찾아온 게 아닌가 싶습니다. 2003

160

사는 게 뭐 그리 대단하다고

윤달 하루, 날을 잡아 어머니를 모시고 외할아버지 산소에 갔습니다. 점점 기력이 약해지시는 어머니는 더 늦기 전에 강원도 산골에 연고도 없이 누워 계신 외할아버지 유골을 수습해 화장을 하기로 결심하셨지요.

파로호 배터에서 대추나무골로 향하던 그날, 매화가 정말 흐드러지게 피었습니다. 제 나이 세 살. 전혀 기억이 나지 않는 그때, 할아버지는 폐병에 걸리셨습니다. 성격이 깔끔하신 할아버지는 자손들에게 혹시 폐가 될까 봐 될수록 서울에서 먼, 이곳까지 찾아 들어오셨습니다. 그러곤 한 달 만에 돌아가셨지요, 쉰셋 나이에. 동네 사람들은 실향민인 할아버지가 이곳에 묻히려 오셨다고 생각했답니다. 결국 사실이 돼버렸지만….

40년이 넘은 산소, 더구나 아직 녹지 않은 언 땅을 동네 할아버지 다섯 분과 곡괭이와 삽만으로 파내기는 너무나 힘들었습니다. 다섯 시간이나 걸려 아주 어렵사리 두어 자 파 들어가자 다리뼈 하나가 보이기 시작했습니다. 곧이어 머리, 가슴, 발가락뼈까지…. 치아는 무척 좋으셨던 것 같습니다. 정말 예쁘고 가지런한 치아. 살은 완전히 흙이 됐지만 어쩜 뼈는 고스란히 남아 있을 수 있을까.

"이렇게 덧없는 것을…. 사는 게 뭐 그리 대단하다고…." 일흔이 넘은 어머니는 오열했습니다. 아버지는 영원한 아버지였습니다.

'이분이 내 할아버지신가. 이분이 아니었다면 난 세상에 존재할 수 없었던 것인가.'

외할아버지의 유골이 무섭기는커녕, 화장 후 산에 뿌린 재마저 제 분신처럼 느껴졌습니다.

나, 우리, 어느 누구도 피할 수 없는 현실인 죽음. 내가 할 수 있는 것과 할 수 없는 것은 무엇인가. 돌아오는 차 안에서 어머니의 따뜻한 손을 꼬옥 잡았습니다. 2004

제 몸도 제 것이 아닌데 어찌

2주 전 큰아들 지원이가 군대에 갔습니다. 대한민국에서 자식을 군대에 보낸 부모가 어디 저뿐이겠습니까. 하지만 저 자신도 전혀 예상치 못했는데 자고 나면 생각나고, 또 집 구석구석 그놈이 남기고 간 옷, 신발장의 운동화를 보면 자꾸만 보고파집니다. 오늘 아침엔 기온이 뚝 떨어져 등산하기 딱 좋은 선선한 날씨임에도 '신병훈련을 받고 있는 강원도는 상당히 추울 텐데…' 하는 생각이 먼저 떠올랐습니다. 제가 이 정도니 아내는 오죽하겠습니까. 밥맛이 없는지 별로 찾아 먹는 것 같지도 않고 평소보다 웃음소리도 확 줄었습니다. 당연히 집안 분위기는 다운됐지요.

사실 아들과 이렇게 오랫동안 떨어져 지낸 게 처음은 아닙니다. 미술을 공부하는 지원이는 늘 우리 곁을 떠나 있었습니다. 그렇지만 그때와 지금은 상황이 영 다릅니다. 그땐 보고 싶으면 언제라도 전화 통화를 하거나 문자 메시지를 보낼 수 있었지요. 지금은 그저 마음속으로 상상으로만 그려볼 뿐입니다. 부모와 자식의 관계란 과연 무엇인지, 요즘처럼 많이 생각해본 적도 없는 것 같습니다. 이젠 다 커서 둥지를 벗어나 양 날개를 활짝 펴고 제 갈 길로 떠나가는 새끼를 바라보는 어미 새의 마음. 《법구경》엔 이런 글이 있지요.

'내 자식이다, 내 재산이다 하면서 어리석은 사람은 괴로워한다. 제 몸도 자기 것이 아닌데 어찌 자식과 재산이 제 것일까.'

이 구절을 열 번 스무 번 읽고 또 읽어도 아직까지 그 뜻이 머리에서 가슴으로 내려오지 못하는 것을 보면 저도 한참 어리석은 부모인가 봅니다.

"첫 휴가 나오는 날, 온 집안 식구들이 모여 함께 마시자"며 여태껏 온갖 유혹을 물리치고 찬장에 남겨둔 술 한 병이 있습니다. 아무래도 이번 추석 땐 아들을 위해 그 약속을 지켜야겠지요? 2009

그저 좋은 말이 아니었구나!

)
)
)
)
)
)
)

'남에게 신세를 지면 그 은혜를 절대 잊지 말고, 남에게 도움을 준 일이 있으면 금세 잊어라'라는 말이 있습니다. 아주 어렸을 적엔 그 말이 '그저 좋은 말이려니…' 했습니다. 세월이 조금 지나면서 '그래, 나도 은혜를 입으면 꼭 갚아야지' 하는 정도로 이 말뜻을 이해하게 되었지요. 그러던 것이 최근에는 '아, 정말 실천하기 힘든 말이구나' 깨닫게 됩니다. 특히 큰마음 먹고 남을 도와준 일이 오히려 화가 되어 돌아올 경우에는 정말 잊기가 어렵다는 것을 이제야 알게 된 것이지요.

몇 년 전 아주 친한 친구의 회사가 경제적으로 어려운 상황에 처하게 됐습니다. 갑작스레 닥친 일이고, 회사를 운영하다 보면 흔히 있을 수 있는 일이라 별 의심이나 걱정 없이 그 친구를 도와쳤습니다. 제 형편에는 좀 무리다 싶었지만 친구가 워낙 간곡히 부탁하는 터라 아내와 상의도 없이 실행해버렸습니다. 하지만 친구 회사는 몇 달 후 부도가 났습니다.

주변에선 수없이 벌어지는 일이지만 나에게만큼은 해당되지 않으려니 생각한 일이 현실로 닥친 것이지요. 처음 그 일을 겪을 땐 하루에도 열두 번 '배신감'과 '믿음' 사이를 오락가락했습니다. '어떻게 나한테 그럴 수가…', '아니지, 그놈 말대로 기다리자. 그리고 그 돈 없다고 내 가족이 당장 굶게 되는 것은 아니지 않은가.'

그때도, 지금도 전 그 친구를 믿어봅니다. 아니 믿고 싶습니다. 그런데 제 경제 사정이 안 좋아질 때는 마음속으로 다시 친구 탓을 하게 됩니다. 다행히 그 친구는 현재 재기를 위해 열심히 땀 흘리고 있습니다. 잃었던 주변의 신뢰도 다시 쌓아가는 듯싶어 내심 얼마나 다행인지 모릅니다.

'경험이라는 시험대를 통과한 것이 진리다'라는 아인슈타인의 말이 기억납니다. 남을 도와준 것을 금세 잊기는 어려워도 반드시 잊도록 노력해야 할 것입니다. 지금부터라도, 꼭! 2007

이렇게 먹고살아선 안 되지 않을까

한 통의 편지가 인생을 바꿀 수 있을까요. 다음은 최근, 미국에서 저를 잘 아는 누님이 기부를 부탁하며 보내온 편지 내용입니다.

미안하구나. 내가 게을러서 늦게 1만 불(한화 약 1,150만 원)을 보낸다. 돈을 기부하는 이는 56세의 아줌마다. 여고 시절 빙상 선수도 했고, 대학 때까진 행복한 삶을 살다가 시집 잘못 가는 바람에 죽도록 고생만 했다. 도박을 일삼고 툭하면 폭력을 휘두르는 남편을 피해 아이들을 데리고 집을 나와 김밥, 도시락 장사를 하다가 조그마한 식당을 차렸단다. 지금은 하숙을 치고 있는데 그의 수중에 1천 불이 없는 사람이다. 그렇

게 어려운 처지인데도 하나님께 받은 은혜가 너무 크다며, 힘
이 닿는 한 어려운 이웃과 함께하는 삶을 살고 있다.

제법 목돈이 모아졌다 싶으면 늦출 것도 없이 곧장 생각해둔
단체를 찾아가 좋은 일에 써달라는 뜻만 전하고 선뜻 내맡긴
다. 이번에도 몇 년에 걸쳐 모은 곗돈 2만 4천 불을 내놓았는
데, 정작 하숙을 치는 그의 집 냉장고가 너무 낡고 작은 걸 알
기에 새로 장만하라고 4천 불은 돌려줬다. 내 돈은 아니지만
하나님도 이해하실 것 같아서….

남을 돕는다는 것은 자기가 가진 돈의 액수와는 절대 무관한
것 같다. 오히려 없는 사람이 그들의 처지를 더 잘 이해한다.
그가 곗돈을 붓던 중에 딸이 시집을 가게 되었는데, 주위에서
는 결혼 비용으로 쓰기를 권했지만 그 돈은 그냥 두고, 살고
있는 집을 담보로 융자를 얻어 결혼 비용에 보탰다고 들었다.

우리가 사는 데 필요한 돈은 과연 얼마나 될까. 우리만 이렇
게 먹고살아선 안 되지 않을까. 스스로를 되돌아보게 됩니다.

2004

Part 4

나는 지금 잘 늙고 있는가

언제부턴가 거울 속의 나의 모습과 사진 속의 내가 달라 보이기 시작했습니다. 거울에 비친 얼굴 피부는 아직 팽팽하고 야성미도 넘쳐 보이는데, 다른 사람이 찍은 제 얼굴 사진은 머리카락도 숭숭 빠져 있고, 한물간 노인의 모습이 역력하기까지 합니다.

일주일에 서너 번 운동도 열심히 하고, 성격이 긍정적이고 웃음이 많아 스스로는 좀처럼 빨리 늙을 것 같지 않았는데, 역시 세월의 막강한 힘은 막을 수가 없나 봅니다. 그렇더라도 왠지 억울한 느낌이 살짝 드는 게 본심입니다. 분명히 지금 제 모습은 사진 속 얼굴이 맞겠지요. 거울을 보고 혼자 이래저래 좋게만 바라보는 것은 결코 객관적일 수 없다는 것, 잘 압니다. 그래도 자신한테만큼은 관대해지고 싶은 심정은 쉽사리 버릴 수 없는 것 같습니다.

이번에 한국에 왔다 가신 프란체스코 교황님을 보면서 정말 많은 기쁨과 깊은 감동을 느꼈습니다. 바티칸으로 돌아가신 지 몇 주가 지났건만 여태 감동의 여운이 진하게 남는 걸 보면 감동 그 이상으로 충격이 아니었나 하는 생각이 듭니다.

여러 가지 충격 중 저에게 가장 와닿은 그분의 모습은 정말 멋지게 나이 든 '할아버지의 본보기'란 것입니다. 외부의 허식은 전혀 신경 쓰지 않고, 다른 사람들의 형편과 마음을 있는 그대로 이해하려고 노력하고, 또 다 끌어안아주는 관대함, 80세를 코앞에 둔 할아버지라고는 믿기 어려운 어린아이 눈빛과 맑은 웃음…. 늙음의 상징인 쭈글쭈글한 주름과 흰 머리카락마저 프란체스코 할아버지에게는 정말 잘 어울리는 액세서리 같아 보입니다.

이제부터는 세월의 길목 길목마다 거울을 보는 대신 제 자신의 사진을 찍어볼까 합니다. 나는 지금 잘 늙고 있는가, 나는 지금을 똑바로 잘 살고 있는가. 이런 질문의 답을 그 사진 속에서 찾아보려고 합니다. 2014

새해가 됐으니 결심을 해볼까?

새해가 되면 '결심' 한 가지씩은 다 하시지요? "올해야말로 정
말 담배를 싹 끊어버려야지!", "술은 완전히 끊지 못해도 주 1회
로 줄여야지" 등등. 결심이라기보다는 '희망 사항'에 가까운 바
람도 많지요. "우리 아이 꼭 좋은 학교에 들어갔으면", "친정 엄
마 건강이 회복됐으면…."

저 또한 예외는 아닙니다. 담배는 끊은 지 오래됐으니 별문제
가 없지만 술은 건강 때문에 반드시 줄여야 할 것 같습니다. 연
로하신 부모님 건강하시길 빌고, 아내와 아들놈들 별 탈 없이
지내주길 바라는, 지극히 평범한 가장의 마음. 좀더 욕심을 내
자면, 회사에서 좋은 책을 많이 내서 식구들 모두 풍족한 한 해
가 되었으면 하는 바람이겠지요.

그런데 올해는 지난 수첩을 정리하면서 예년과는 다른 결심을 하게 됐습니다. 매일매일 무슨 회의나 미팅, 점심·저녁 식사 약속만 잔뜩 적힌 스케줄을 보면서 바쁘게, 열심히는 산 것 같은데 정작 중요한 '그 무엇'이 빠져 있다는 생각을 불현듯 하게 된 것이지요. 그렇게 많이 만났던 사람들 중에 고마운 분이 한두 명이 아닐 텐데, 정작 한 분도 적어놓지 않아 그냥 기억 속에서 사라져버렸다는 사실이 아쉬웠습니다.

그래서 올해 제 결심은 이렇습니다. 매일 한 명씩 고마운 분의 이름을 적어보자. 감사했던 내용도 짧게 곁들여서. 이런 결심을 하자마자 당장 오늘, 첫 번째로 이름을 올릴 사람이 떠올랐습니다. 출근길 단골 커피집 아가씨! 작은 컵으로 한 잔을 시켰는데 회사 식구들과 나눠 마시라며 제일 큰 잔에 커피를 가득 담아준 고마운 아가씨. 수첩에 이름을 올리자마자 벌써 제 마음이 포근해지기 시작합니다. 더불어 일 년, 열두 달, 365일 제 수첩에 가득 채워질 고마운 분들을 생각하면 더욱….

추신. 한 해가 마무리되는 시점에 수첩을 다시 펼쳤습니다. 매일매일 고마운 분들의 이름과 내용을 기록해보자는 결심은 며칠 못 가서 흐지부지돼버렸습니다. 하지만 작심삼일이 될지언정 내년에 다시 시도해보렵니다. 최소한 올해보다는 조금이라도 더 오래 지켜지길 바라면서. 2010

인생에는 리셋 기능이 없다는 사실

컴퓨터를 처음 접할 당시 여러 가지 복잡한 기능 때문에 별로 좋아하지 않았습니다. 하지만 리셋(reset) 기능만은 참 흥미롭게 느꼈지요. 지금까지 해왔던 작업이 마음에 안 들면 싹 지워버리고, 새롭게 새 출발할 수 있게 만드는 리셋 기능은 저에겐 무척 매력적이었습니다.

지금까지의 과거를 지우고 새로운 나의 모습을 다시 만든다는 것은 현실에선 불가능한 꿈이었습니다. 대학 입시에 두 번이나 실패했을 때, 첫사랑이 떠나갔을 때도 그때까지의 모든 일상을, 아니 인생을 지워버리고 완전히 새로운 인간으로 다시 태어나 멋지게 살고 싶었으니까요. 연말, 연초가 되면 인생 컴퓨터(?)의 리셋을 누르고 싶은 사람이 저뿐만은 아니리라 생각합니다.

아주 가까운 친구의 딸아이가 몇 달째 집을 나가 소식이 없습니다. 당사자인 부모는 얼마나 고통스럽겠습니까. 친구지만 전 어떤 말로도 위로할 수가 없었습니다. 만나면 끝없는 후회의 말만 들을 수밖에 없어 무척 안타까웠습니다. 정말 그 친구한테만은 리셋 키를 눌러주고 싶은 심정입니다. 과거를 완전히 지우진 못하더라도 잘못되기 하루 전으로, 아니 한 시간 앞으로라도 되돌릴 수만 있다면 그 친구의 가족은 지금처럼 고통스럽지 않을 텐데 하는 생각을 하게 됩니다.

하지만 다시 생각해봐도 분명한 것은 인생의 리셋은 '없다'는 사실입니다. 단지 지금 이 순간 무엇이 내 인생의 최선인가를 생각하고, 그것을 실행하려고 노력하는 것만이 우리가 할 수 있는 전부일 것입니다. 하루가, 한 달이, 한 해가… 그렇게 쌓여늘 새로운 지금의 '나'가 될 수밖에 없다는, 아주 교과서적인 말만 친구한테 건네야 하는 것이 안타까울 따름입니다.

유유히 흐르는 강과 같은

}

붉은 벽돌 회사 건물이 대수술을 받고 33년 만에 새롭게 태어났습니다. 대학로 붉은 건물 시대를 알린 샘터 사옥은 오랫동안 대학로의 터줏대감이었죠. 원래의 4층짜리 건물 위에 반투명 유리로 한 층을 더 올리고 그 위에 옥탑방을 만들었습니다. 또 동맥경화처럼 막혔던 상하수도를 확 뚫어, 쫄쫄쫄 겨우 흘러나오던 수돗물이 이젠 콸콸콸 시냇물 소리를 냅니다. 사무실도 3층에서 4층으로 옮기고, 비만 오면 줄줄 물이 새던 천장과 창문을 모두 빈틈없이 막고 뜯어고쳤습니다. 전기를 절약하기 위해 실내조명, 냉난방 시설까지 바꾸었으니 여름과 겨울에 전기세가 많이 줄 것이라 기대합니다. 특히 지금껏 구내식당으로만 사용됐던 옥상에 25평 크기의 아담한 문화홀이 생겼습니다. 작가와의 만남, 교양 강좌, 작은 음악회 등을 통해 독자들과 직접 만날 수 있게 되었지요.

그동안 공사 소음과 먼지를 참아주신 동네 어르신들을 모시고 며칠 전 조촐한 감사 행사를 가졌습니다. 이 자리에 샘터 창립자인 김재순*고문님도 참석했지요. 1979년 봄, 10년간의 셋방살이에서 벗어나 처음 '나의 집'을 짓고 이사 온 그날을 회상하는 고문님의 눈빛에서 보람, 세월, 회한을 모두 봤습니다. 당시 샘터의 탄생을 지켜본 고 장리욱**박사님께서 샘터 사옥과 샘터에 대해 하신 말씀이 기억납니다.

"나는 이 새 건물에 대해 건축사 혹은 예술가답게 평을 더할 식견을 가지고 있지 못하다. 오직 무엇인가를 직감적으로 느낄 뿐이다. 내가 느낀 그 '무엇'인가는 바로 이 건물에 스며 있는 평범과 비범이 아름다운 조화를 이루어 결국 높은 차원에서 참된 평범을 드러내고 있다는 것이다. 샘터는 처음부터 평범한 사

---

* 제13대 국회의장(1923~2016). 최인호, 정채봉 등 다양한 문화인을 발굴, 지원하며 문화예술인 후원에 앞장섰다. 필자의 아버지이기도 하다.

** 교육학자(1895~1983). 1917년 도산 안창호를 만나 흥사단에 입단했다. 사회교육 활동에 전력했으며 제3대 서울대 총장을 지냈다.

람들의 행복에 이바지하는 것을 사명으로 삼고 있다. 평범한 인간은 요란한 폭포가 아니고 유유히 흘러가는 강과 같은 존재일 것이다. 강과 같은 존재, 이것이 바로 평범 속에 잠겨 있는 비범성이 아닌가 싶다."

다시 태어난 샘터 사옥, 이젠 그 안에 깃든 정신을 더 잘 받들고 지켜나가는 충실한 샘터인이 되겠습니다. 2012

주름진 마음에 다림질을

쌀쌀하지만 아주 청명한 날, 네 살인 희유, 한 살인 희민이랑 가을 소풍을 다녀왔습니다. 희유, 희민이는 제가 좋아하는 젊은 조각가 부부의 딸들입니다. 함께 잘 아는 마산의 한 신부님이 쓰러졌다는 소식을 듣고도 간다 간다 하며 미루기만 하다가 이제야 차를 몰고 떠나게 된 것이지요. 과묵한 아들놈들밖에 없는 저로서는 가고 오며 거의 열 시간 이상을 수다쟁이 딸애들과 보내는 일이 난생처음이라, 기대도 되고 약간 긴장도 됐습니다. 그렇지만 평소에 "딸 하나 생기면 그날부터 재택근무 한다"고 떠벌리던 제가, 딸들과의 동행을 마다할 이유가 없었지요. 어쨌든 눈치 빠른 희유에게 만나자마자 스티커와 꽃무늬 지갑 뇌물을 건네준 덕분인지 우리의 첫 여행은 순조롭게 시작됐습니다.

　고개가 꺾일 정도로 곯아떨어진 짧은 시간을 제외하고 춤이면 춤, 노래면 노래, 희유의 화려한 쇼는 끊임이 없었습니다. 프로 아나운서를 방불케 하는 재잘거림은 저로서는 처음 맛보는 재롱이었습니다. '지금 대학생인 아들 지원이가 장가가서 애를 낳기 전까지 이런 횡재는 없겠지' 하는 생각도 잠깐 들었습니다. 희유와 많은 얘기도 나눴습니다. 그때그때 엄마가 통역을 해준 덕분에 희유를 이해하는 데 큰 어려움이 없었지요. 무엇보다 아이의 마음을 가까이서 들여다볼 수 있는 좋은 기회였습니다.

　"희유야, 구름이 너무나 예쁘지?" 물으면, "아이스크림이네요" 하고는 배고프다고 답합니다. 제 수염을 보고는 "거미줄을 쳤다"고 합니다. 희유는 무엇이든, 누구와도 대화를 나눌 줄 압니다. 하늘색과 똑같은 희민이의 눈망울에 비친 창밖 풍경들은 마치 시냇물 속 반짝이는 조약돌 같았습니다.

　그동안 너무나 복잡하게 살아왔던 저 자신, 그리고 일을 핑계로 찌들어 있던 제 마음의 주름을 동심의 다리미로 펴보았습니다. 누군가 그랬지요. 동심이 세상을 구원한다고…. 2008

무엇인가 없는 것이 좋을 때

남다른 겨울의 기억이 있습니다. 10여 년 전, 우연히 알게 된 러시아의 한인을 따라 하바롭스크에서 유럽행 대륙횡단열차에 올라탔습니다. 햇빛 나면 낮이고 가로등 불빛 들면 밤이라는 사실을 구분할 수 있을 뿐인 며칠이 지나갔습니다. 아마 바이칼호가 있는 이르쿠츠크 근처였던 것 같습니다. 거기서 다시 눈썰매를 타고 꽁꽁 얼어붙은 호수를 건너 깊은 산속으로 반나절을 더 들어갔습니다.

드디어 도착한 목적지. 견고한 통나무집이 몇 채 있었지만 전기와 물은 물론 없었습니다. 병적인 호기심이 앞서 오지(奧地) 여행을 결심한 것을, 그 순간 얼마나 후회했는지 모릅니다. 식량은 등짐으로 짊어지고 가져간 것이 전부였고, 땔감도 알아서

챙겨야 했습니다. 영하 30도. 눈만 빠끔 내다볼 수 있게 뚫려 있는 오리털 특수 파카도 지독한 추위를 막기엔 역부족이었습니다. 눈썹과 수염엔 늘 하얀 고드름이 주렁주렁 걸렸고, 거짓말 조금 보태서 오줌이 그대로 얼어붙을 정도였습니다.

하지만 그처럼 혹독했던 극한의 원시림은 그 이상의 대가를, 잊지 못할 경험을 저에게 선물했습니다. 무엇인가 없는 것이 좋을 때가 있다는 것을 저는 그때 처음 알게 됐습니다.

그곳에는 소음이 없었습니다. 전화기는 물론 자동차 엔진 소리도 없었습니다. 먼 늑대의 울음을 휘감은 거친 바람뿐, 적막 그 자체였습니다. 그리고 밤하늘. 그것은 너무도 황홀했습니다. 눈 속에 파묻혀 바라본 그곳엔 온통 북방의 별자리와 은하수가 총총 서려 있었습니다. 그때처럼 하늘과 가까이 누워본 기억이 저에게는 없습니다.

세상살이가 춥고, 점점 살기 어렵다는 분노 섞인 체념이 넘쳐납니다. 그럴 때마다 저는 시베리아의 혹한을 추억처럼 되새김합니다. 아무리 추워도 그때보단 덜할 것이고, 고통 속에서도 어떤 교훈이 있을 것이라는 위로를 스스로에게 건네는 것입니다.

그때의 추위가 뭔가를 속삭이고 있는 듯합니다.

간절히 바랄 수 있다는 것

밤하늘이 온통 별로 가득한 곳으로 휴가를 다녀왔습니다. 은하수에 넋이 빠져 있다가 운 좋게도 같이 간 친구들 중에 저만 혼자 별똥별을 봤습니다. "소원은 빌었니?" 친구의 말에 너무 순식간에 벌어진 행운이라 그럴 새가 없었다고 했지요. 다시 별똥별이 내 눈에 들어오길 기다리고 기다렸습니다. 하지만 저의 하루 운수는 거기까지였던 것 같습니다.

그 순간 이런 생각이 들었습니다. 정작 다시 별똥별이 내 머리 위로 쏟아진다 해도 소원이 있어야 빌든지 말든지 할 것 아닌가? 아니면 소원을 딱 한 가지로만 추리기엔 내가 너무 욕심이 많은가? 사실 요즘 걱정거리가 많았거든요. 회사, 가족 걱정에 주변분들은 갑자기 아프시고….

어렸을 적 어머니 손에 이끌려 교회에 가면 목사님이 설교 말미에 아주아주 큰 목소리로 "○○을 간절히 빕니다"라고 했던 게 기억납니다. 그땐 전혀 와닿지 않았지요. '내가 간절히 바라는 게 뭐지? 그걸 바라고 기도하고, 믿으면 얻어지기는 할까?'

간절히 바란다는 것은 굉장히 좋은 것 같습니다. 분명히 바라는 게 없는 것보다는 낫습니다. 그것으로 인해 삶의 목적도 생기고 목표도 만들어질 수 있지요. 하루하루 그냥 누워서 별똥별이 떨어지기만을 기다리기보단 '그 무엇'을 간절히 바라고, 그로 인해 지금의 현실이 아무리 힘들고 어려워도 꿋꿋하게 이겨낼 수 있는 인내와 용기를 얻을 수 있으니까요. 역시 준비된 사람이 행운을 얻게 됩니다. 2016

엄살떨지 말고 주워라

주말에 부모님 댁으로 밤을 따러 갔습니다. 몇 그루밖에 안 되는 밤나무지만 올해는 가지마다 휘어지게 달렸습니다. 일손이 부족해 "허리 부러지겠다"는 어머니의 하소연에 만사 제치고 달려간 것이지요. 절반은 벌레가 먹었지만 나머지는 제법 토실토실한 게 잘 여물었습니다. 그런데 땅바닥에 널려 있는 밤을 그냥 줍는 게 아니라, 장대로 가지를 털고 밤송이를 발로 파헤쳐 한 알 두 알 캐는 게 쉽지만은 않았습니다. 당연히 굵은 가시에 손가락이 찔리고 '앉았다, 섰다'를 반복하다 보니 다리, 허리가 뻐근해지기 시작했습니다.

그렇지만 점차 몰입의 재미에 빠져들게 되었지요. 어느 밤송이도 같은 게 없었습니다. 아주 우연히 굵직한 밤을 찾게 되

면 자랑하려고 바지 주머니에 따로 넣었고, 밤 세 알이 가지런히 숨어 있는 걸 보면 마치 네잎클로버를 찾은 듯 기뻤습니다. 쭉정이처럼 말라비틀어져버린 밤송이를 보면 왠지 안쓰럽다는 마음도 생깁니다. 자기 딴에는 최선을 다해 봄부터, 아니 겨울부터 준비를 하고 천둥, 번개, 비바람까지 온갖 고생을 다 겪었을 텐데, 낙오자가 되어버린 것이지요. 나무는 분명 한 나무인데 거기서 맺은 열매는 어느 것 하나도 같지 않다는 것이 참 신기합니다. 아마 식물학자는 그 이유를 쉽게 설명할 수 있겠지요. 하지만 저에게는 불가사의합니다. 혹시 우리 인간사도 그런 게 아닐까, 잠깐 확대 해석을 해봅니다.

"엄살떨지 말고 잘 주워라. 신세 진 분들께 이거라도 함께 나눌 수 있다는 걸 감사하게 생각해야지!"

어머니의 말씀이 오늘의 진리입니다. 2014

분명 전과 달라지는 것이 있습니다

5년 전쯤 의자에서 뒤로 자빠져 허리를 크게 다친 적이 있습니다. 정확하게 척추 4번, 5번 사이로 척수가 흘러나와 응급실로 실려 가야 했습니다. 하늘은 노랗고, 눈앞엔 별이 보이고, 세상에 이런 고통이 다 있구나 싶었지요. 그래도 수술만은 정말 하기 싫었습니다. 하지만 의사는 검사 결과, 수술이 최선이라고 했지요. "참으면 어찌 되나요?" 제 물음에 의사는 황당해했습니다.

그로부터 1주일 동안 화장실도 못 가고 침대에 누워 있어야 했습니다. 또 2주 후, 물리치료를 시작으로 '허리와의 싸움'은 장장 6개월 동안 계속됐습니다. 물리치료, 침, 부황, 치료약, 목욕…. 할 수 있는 것은 다해본 것 같습니다. 오직 수술만 빼고요. 거의 8개월쯤 지났을까요? 스트레칭과 함께 걷기, 달리기를 시작했습니다. 유산소 운동뿐 아니라 근육 운동도 조금씩 병행했지요. 지금은? 아주 좋습니다. 아니, 사고 전보다 훨씬 좋아졌습니다. 왜냐면 그때부터 운동을 하루의 습관으로 만들었거든요. 사실 왼쪽 허벅지 근육의 신경은 지금도 본래대로 돌아오지 않았습니다. 아니, 의사 말로는 영원히 돌아오지 못할 것이라고 합니다. 그렇지만 그대로 내버려두면 신경이 없는 왼쪽 다리가 오른쪽에 비해 가늘어질 수밖에 없다는 경고에 경각심을 늦추지 않게 됐습니다.

왜 갑자기 오래전 다친 허리 얘기를 하느냐고요? 제 재활을 자랑 삼아 늘어놓으려는 것은 아닙니다. 다만 요즘 몸이 아프거나 경제적으로 안 좋을 때 너무 쉽게 좌절하는 분들이 많아 보이기 때문입니다. 조금만 더 견디고 '혹시 이런 어려움이 나중에 약이 될 수도 있다'라는 긍정적인 믿음을 갖는 데 제 경험이 조금이라도 도움이 됐으면 하는 마음입니다. 그런데 한번 이겨내고 나면 분명히 전과는 달라지는 것이 있습니다. 그건 바로 자신감입니다. 무슨 일이 닥쳐도 이겨낼 수 있다는 그 든든한 자신감 말입니다. 2013

좋은 사람, 나쁜 놈

고 최인호*선생께 들었던 말 중 잊히지 않는 게 있습니다. 인간관계, 혹은 사람에 대한 평가와 관련된 얘기입니다. "모든 사람은 다 일대일 관계야. 한 사람을 두고 어떤 이는 나쁜 놈이라고 하고, 또 다른 이는 좋은 사람이라고 할 수 있으니까, 함부로 그가 '좋다, 나쁘다'라고 평하는 것은 아니지."

처음 그 얘기를 들었던 게 한 20년 전입니다. 설익은 제 눈은 (당시 신문기자) 세상을 온통 좋은 사람, 나쁜 놈으로 구분하며 살았던 것 같습니다. 세상에 보다 좋은 사람들이 많아야 정의로운 사회라고 믿었고, 그래서 나쁜 놈들은 하루빨리 사라져야 한

---

* 소설가 겸 시나리오 작가(1945~2013). 《별들의 고향》, 《겨울 나그네》, 《고래 사냥》 등의 소설을 냈으며, 《샘터》에 30년 넘게 실은 연재소설 〈가족〉으로 큰 사랑을 받았다.

다고 생각했지요. 사실 지금도 그 생각이 크게 바뀌진 않았습니다. 다만 사람에 대한 평가를 너무 쉽게 하는 게 아니라는 말에는 점점 더 공감하게 됩니다. 주변 사람들에 대한 나의 섣부른 평가와 실제 그 사람의 본모습이 완전히 다를 수 있다는 것을 최근 경험으로 확인했습니다.

얼마 전 별로 보고 싶지 않은 동창이 모처럼 문자를 보내왔습니다. '잘 있지? 상의할 일이 있는데, 만나자.' 내키진 않았지만 커피숍에서 만났습니다. 그는 편지 한 통을 슬그머니 꺼내놓으며 말했습니다. "나를 친구로 생각하지 않는 건 잘 알지만, 그래도 이것만은 꼭 들어줬으면 좋겠다." 몇 가지 개인적 불행이 겹쳐 약속을 지키지 못했고, 결국 친구들 사이에 신용이 땅에 떨어졌으며, 그 떨어진 신뢰를 회복하느라 그동안 얼마나 고생했는지가 그 편지 안에 고스란히 담겨 있었습니다. 그리고 저에게 진 빚이라며 얼마간의 돈도 함께요. 부끄러웠습니다. 저는 내막도 모르고 이런저런 욕을 했었거든요. 그를 잘 모르는 사람들에게조차…. 그 동창은 일어나면서 이 말을 남겼습니다. "나머지는 평생에 걸쳐 꼭 갚을게." 저는 그 자리에서 아무 말도 하지 못했습니다. 미안하다, 고맙다는 말조차도…. 2013

또 가고 싶니?

산사람들을 쫓아 5,000m가 넘는 히말라야에 다녀왔습니다. 제 평생 가본 가장 높은 산이었습니다. 가기 전부터 "산소가 부족하고 기압이 높아 고산병에 시달릴 거야"란 경고를 귀가 따갑게 들었는데 그대로 적중했습니다. 종일 숨을 헐떡거려야 했고 밤에는 옥죄는 가슴 때문에 텐트를 찢고 밖으로 튀어나가고 싶었습니다. 국내에서 산에 자주 다녔으니 내공이 쌓였을 것이란 자만은 하루 만에 박살났지요. 그러면서 제일 먼저 이런 생각이 들었습니다. '도대체 이렇게 험한 곳에 왜 왔지?'

남들한테 오지(奧地)에 가봤다고 자랑하고 싶어서? 온몸에 뿌리내리고 있는 호기심, 어머니 말씀대로 역마살이 껴서? 한 발 한 발 내디디며 의문이 실타래처럼 풀리기 시작했습니다. 뜨거운 햇볕과 흐르는 구름, 나무 하나 없는 산과 바위, 그리고 산꼭대기에 쌓인 만년설. 사람과 동물, 누가 먼저 만들었는지 모를 깎아지른 절벽에 난 길을 오르며 올라온 높이만큼 제 과거를 돌아보았습니다. 부모, 아내와 자식, 형제, 친구들. 사막 같던 제 눈은 가끔씩 이런저런 추억의 오아시스를 만났습니다.

눈(히마)의 집(알라야)에서 만난 건 나 자신만이 아니었습니다. 줄레(Julley), 그곳 말로 '안녕하세요? 식사하셨어요? 반갑습니다'라는 뜻이 모두 담긴 인사말을 건네는 시골 사람들. 우리 일행을 말똥말똥 쳐다보는 두세 살 난 아이와 열여덟 살쯤 돼 보이는 엄마, 햇볕에 표정이 일그러져 일흔은 넘은 할아버지로 보이는 동년배 아저씨들의 모습은 아직도 제 가슴에 생생히 남아 있습니다. 재산만 없는 게 아니라 거짓도, 허식도 없는 삶. 그들이 보여준 해맑은 미소와 따뜻한 악수 속에서 저 자신이 앞으로 어떻게 살고 싶은지에 대한 해답을 얻었습니다.

서울에 돌아오자 지인들마다 거의 같은 질문을 합니다. "또 가고 싶니?" 전 망설임 없이 대답합니다. "아니!" 히말라야에서 힘들게 되찾은 나의 과거와 미래를 이어가야 할 곳은 분명 '오늘 여기'이기 때문입니다. 2012

흐림, 비, 태풍, 맑음 모두 빠짐없이

광풍의 흔적이 아직 남아 있습니다. 집 앞 소나무는 밑동이 뽑힌 채 생명의 끝을 기다리고 있고, 회사 근처 노래방 간판은 구멍이 숭숭 난 그대로입니다. 하지만 하늘은 마치 아스피린을 한 알 먹고 개운해진 다음 날처럼 맑고 고요합니다. 그전보다 훨씬 더 깨끗하고 밝아진 듯합니다. 언뜻 세상사도 이렇게 태풍 지나가듯 순간순간 지나가는 것은 아닐까 생각해보게 됩니다. 또 흐림, 비, 태풍, 맑음 어느 것 하나도 빠짐없이 내 인생에서 겪어야 할 내 몫이 아닌가 하는 생각도 했습니다.

유행가 가사처럼 그 뜨겁던 태양의 계절도 가고, 어김없이 추석이 돌아왔습니다. 돌아왔다는 표현은 아무래도 어폐가 있는 듯합니다. 작년과 비슷하긴 해도 올해는 완전히 새로운 추석일

테니까요. 차례상에 올린 음식도, 부모님의 연세 드신 모습이나 자식들의 성장도 모두 어제와 같지 않겠지요.

개인적인 소망이라면, 이번 추석은 모든 이웃들에게 치유의 시간이 됐으면 좋겠다는 것입니다. 태풍에 온몸으로 맞서며 힘들었을 나무들처럼 우리의 삶도 그동안 녹록치 않았습니다. 갈수록 늘어나는 회사 앞 노점상의 숫자만큼 개개인의 상처와 고통도 많아지고, 그걸 견디지 못하고 추락하는 나뭇잎 같은 사람들도 많아졌습니다.

어렸을 적 외로움은 잘 견디면 성장의 힘이 될 수도 있습니다. 하지만 나이 들어 찾아오는 외로움은 괴로움입니다. 그렇다고 외로움에서 완전히 벗어나서 살자는 건 아닙니다. 어차피 외로움은 인간이 짊어지고 가야 할 그림자 같은 것이 아닐까요. 문제는 '이 세상에 완전히 나 혼자밖에 없다, 그래서 살아갈 아무런 가치가 없다'고 단정 짓는 것입니다. 이번 한가위엔 보름달처럼 구석구석 빈 곳 없이 상처들이 아물었으면 좋겠습니다. 상처를 치료하는 데는 대단한 돈이나 노력이 필요치 않습니다. 따스한 말 한마디, 따뜻한 밥 한 끼면 충분하지요. 물론 마음과 정성을 담아! 2012

있을 때 잘하라는 말

몇 년 전 상가(喪家)에 갔을 때 들은 얘기입니다. 학교는 다르지만 매일 출근을 같이하던 교사 부부가 있었답니다. 직장이 먼 아내부터 바래다주고 뻥 돌아서 자신의 학교로 가던 착한 남편이 어느 날 덜컥 사고로 죽었답니다.

삼우제까지 다 치르고 나서 다시 학교로 출근하는 날, 아내는 평소 남편이 몰던 그 차의 운전대를 잡고, 늘 가던 그 길로 갔습니다. 그런데 남편이 운전할 때는 20분이 채 걸리지 않던 그 길을 한 시간이 넘게 달렸는데도 학교에 도착하지 못했답니다. 결국 당황한 여자는 갓길에 차를 세워놓고 펑펑 울기 시작했습니다. '남편이 매일 당연히 해주던 게 실은 당연한 것이 아니었구나!' 그걸 깨달은 거죠.

늘 있던 것이 없어지는 순간, 마치 하늘이 무너지는 것 같은 때가 누구나 평생에 한 번은 있게 마련입니다. 3년간 식물인간으로 숨만 쉬고 계신 엄마를 돌보는 친구가 있습니다. 늘 단단해 보이는 그 친구도 울컥 눈물을 쏟을 때가 있습니다. 엄마가 아주 가끔씩 움직일 때마다 살아 계신 것만으로도 고마워 눈물을 흘리는 것이지요. 그럴 때면 저 역시 여태껏 건강하신 나의 엄마를 생각하며 덩달아 가슴이 찡해져 눈물이 납니다.

그렇습니다. 남편, 아내, 부모, 자식! 가족이라는 이름의 굴레 속에서 우리는 늘 당연한 듯 하루하루를 고마움 없이 살아갈 때가 많습니다. 있을 때 잘하라는 말이 있지요. 아마도 그 첫 번째 대상은 우리 가족일 것입니다.

이 정도 소유쯤이야

휴대전화를 바꾸면서 이참에 주소록을 싹 정리하기로 마음 먹었습니다. 10년 넘게 사용하는 동안 사람들의 전화번호도 많이 바뀌었고, 개중엔 이름도 얼굴도 기억나지 않는 사람이 있어 간만에 책상 정리하듯 깔끔하게 정돈을 하고 싶었지요. 전 직장 동료, 선배, 후배, 동창, 거래처 등 그룹별로 한 명 두 명 묶어 가다 보니 '아, 이 사람은 잘 있을까?' 궁금해지기도 하고, 그 사람들과의 추억이 하나둘씩 떠오르기 시작했습니다. 마치 이삿짐 정리를 하다 말고 오래전 사진을 들춰보는 그런 기분…. 그러다 문득 시간이 딱 멈추는 느낌이 들고, 가슴이 휑해지는 이름을 만나게 됩니다.

언젠가는 다시 만나게 되겠지만, 이미 이 세상 사람이 아닌 친구 김형곤, 장영희 선생 그리고 사랑했던 지인들…. 이젠 전화번호를 지워야 할까 말까, 몇 번이나 망설였습니다. 이 번호로 전화를 걸면 지금 당장 그들이 받을 것만 같은 생각도 들었지요. 목소리도 아직 생생하게 기억나는 그 사람들…. 저는 결국 단 한 사람의 번호도 지우지 못했습니다. 차마 그럴 수 있는 용기가 없었습니다. 이것마저 지운다면 나와 그 사람의 인연의 고리도 영원히 끊어져버리는 것이 아닌가 하는 두려움이 들었지요.

이번에 모처럼 시도한 전화번호 정리는 실패했지만 한 가지 깊이 느낀 게 있습니다. 이 세상 모든 것, 훨훨 다 떨쳐버리고 떠날 때, 정말 마지막 순간까지 버릴 수 없는 것은 무엇일까. 빈손으로 왔다 빈손으로 돌아가야 하는 공수래공수거(空手來空手去) 인생이라지만 저는 무소유의 삶을 살아가지는 못할 것 같습니다. 제 인생에 저장된 추억들이 너무나 아름답기 때문입니다.

나도 저렇게 벗어야지

늦은 가을, 일부러 낙엽이 수북이 쌓인 오솔길을 따라 산길을 내려왔습니다. 바삭바삭, 사각사각…. 오직 겨울을 기다리는 이 시절에만 들을 수 있는 정겨운 소리입니다. 이것을 '낙엽이 먼지가 되는 소리'라고 잠시 생각해봤습니다. 잘게 부스러져서 결국은 눈에 보이지도 않는 먼지가 되어, 바람 따라 하늘로 훨훨 떠올라, 자신이 태어난 곳을 떠나 어느 머언 곳에서 새로운 모습으로 태어나는…. 그 모습을 상상하며 이런 생각을 해봅니다. 나 역시 낙엽과 같은 존재는 아닐까? 현자는 자신의 늙어감과 죽음을 알고 이를 잘 받아들일 수 있는 사람일 텐데. 나는 지금 어디에 서 있는 것이며 또 어디로 가고 있는 것일까?

잎사귀 하나 남김 없는 저 나무는 초연하고 장엄해 보입니다.

외로움과는 전혀 다른 모습입니다. 나도 저렇게 벗어야지 결심해봅니다. 내 것도 아닌 것을 너무 많이 이고 지고 살고 있는 것은 아닐까? 세상에서 행복해지는 최상의 방법은 가지고 있는 것을 소중히 여기고, 갖지 못한 것들을 잊는 것인데. 그럼 내가 소유하고 있는 것은 무엇일까?

12월의 특권은 흘러간 11개월을 먼발치에서 바라볼 수 있다는 것 아닐까요? 또한 새로운 해, 새 달을 꿈꾸는 것이겠지요.

'기억할 것은 기억하고, 잊을 것은 잊어라. 바꿀 수 있는 것은 바꾸고, 바꿀 수 없는 것은 받아들여라.'
'다른 사람을 마음속으로부터 용서하지 않으면 나 자신도 결코 마음의 평정을 이룰 수 없다.'

단순하지만 실천해볼 만한 지침이지요. 또 싫어하는 사람을 생각하느라 1분 1초도 쓰지 말고, 순간순간 웃고 싶을 때 웃고, 울고 싶을 때 울고, 사랑할 수 있을 때 사랑하며 남은 해를 마무리해야지요. 2007

깔끔하게 죽자

살다 보면 꾸중만큼 칭찬도 많이 듣게 됩니다. 부모님, 선생님, 상사 혹은 주위 동료로부터. 그렇지만 경험상으로는 칭찬 중에 으뜸은 뭐니 뭐니 해도 스스로를 칭찬하는 때가 아닌가 합니다.

최근 잔잔하면서도 뿌듯한 마음으로 자신을 칭찬하고 싶은 일이 생겼습니다.

바로 시신 기증입니다. 제가 언제 어느 때 죽더라도 필요한 장기를 쓸 수 있도록 의과대학에 몸을 허락하는 '시신 기증 등록증'은 늘 제 지갑 한구석을 차지하고 있습니다. 마치 든든한 백처럼, 내가 세상에 태어나서 조금이라도 도움이 될 수가 있다는 자기 위안의 증서인 셈이지요. 물론 이 증서를 그냥 쉽게 얻은 것은 아닙니다. 뭔가 이상하고 섬뜩하기까지 하다는 아내와 아이들을 설득하는 데 꼬박 2년이 걸렸습니다. 가족의 동의서가 반드시 필요했기 때문이지요. 평소 남의 결혼식에는 자주 못 가지만 가능한 지인들의 상가(喪家)는 빠지지 않으려고 노력하는 제가 터득한 삶의, 죽음의 '선택'이었습니다. '깔끔하게 죽자.' 결국 그 말은 '깔끔하게 살자'겠지요.

저도 전직이 기자였고 현재 출판 일을 해서 보험 설계사들처럼 많은 사람을 만나게 됩니다. 평범한 사람도 많지만 사회에서 성공했다고 자부하고, 칭찬받는 분들도 많이 보게 됩니다. 그렇지만 그분들 중에는 사실 멀리서 볼 때와는 달리 가까이서 뵙고는 실망하게 되는 분들도 많습니다. 더더욱 그분들 주위, 특히 가족들의 얘기를 들어보면 더욱 그렇지요. 오죽하면 제가 존경하는 피천득 선생님은 평생을 살아오면서, 가졌던 큰 기대에 비해 가까이서 보고 환멸을 느끼지 않은 것이 금강산과 도산 안창호 선생님, 단 둘뿐이라고 말씀하셨겠습니까.

얼마간일지는 모르지만 이 세상에 남아 있는 동안 남에게 칭찬받기보다는 저 자신을 칭찬할 수 있는 일들이 몇 번 더 있었으면 좋겠습니다. 제가 너무 욕심이 많은가요? 2004

사람에게는 두 가지 큰 죄가 있다

절기는 분명 입춘인데, 바깥은 아직 대한(大寒), 소한 같습니다. 전에 없이 내복도 껴입고 보일러 온도도 쭉 올려놓았습니다. 올겨울만 유난히 추운 건지, 나이가 들어서 그런 건지 아님 성급한 나의 심성 탓인지…. '그래도 세상에 24절기가 괜히 생겼겠나, 다 이유가 있겠지' 하며 기다림의 모드로 천천히 바꿔 보지만 아랫도리가 시린 것은 여전합니다.

살다 보면 분명한 것이 있습니다. '올 것은 언젠가 오고, 갈 것은 반드시 간다'는 것이지요. 겨울은 가고 봄은 우리 곁에 옵니다. 물론 그 봄도 곧 떠나지요. 봄은 늘 새로운 봄입니다. 작년의 봄은 추억입니다. 탄생이 있으면 죽음도 결국 따라오게 마련. 그런데 우리는 그 사이에서 조급해서 놓치고, 게을러 그 순간이 왔는데도 깨우치지 못하고 삽니다. 오죽하면 독일의 소설가 프란츠 카프카는 '사람에게는 두 가지 큰 죄가 있다. 그건 성급함과 게으름이다. 사람은 성급했기 때문에 낙원에서 쫓겨났고 게으르기 때문에 그곳으로 돌아가지 못하고 있다'고 했을까요.

저 자신의 발자국을 뒤돌아봅니다. 가지런하지 못하고 혼돈, 그 자체입니다. 그때 내가 조금 더 느긋하게 기다렸다면, 그리고 말을 좀더 조심스럽게 혹은 예쁘게 했다면 그와 헤어지지 않았을 텐데, 그 당시 내가 게으르지 않게 준비를 단단히 했다면 더 좋은 기회를 꽉 잡을 수 있었을 것을….

지나간 것을 마구 후회하고 싶지는 않습니다. 그게 나의 운명이고 나의 그릇이겠지요. 하지만 올해 내 책상 앞에는 이런 문구를 꼭 써 붙일 것입니다.

'나는 지금 성급한가? 나는 지금 게으른가?' 2017

이 편지를 읽고 있는 당신이 행복하길

한때 일본에서 대단한 인기를 얻은 가수가 있습니다. 안젤라 아키(Angela Aki). 그가 부른 '편지(手紙)'라는 곡은 전국 중학교 음악 콩쿠르의 지정곡으로 선정될 만큼 인기를 끌었습니다. 노래도 잘하지만 특히 자신이 직접 썼다는 이 곡의 가사가 제 마음에 와닿았습니다.

1절은 현재 열다섯 살인 소녀가 15년 후, 즉 서른 살인 '미래의 나'에게 쓰는 편지입니다. 2절은 반대로 서른 살의 내가 과거의 나에게 쓰는 답장의 글이지요.

이 편지를 읽고 있는 30세가 된 미래의 나는 어디서 무엇을 하고 있나요? 15세의 나에겐 말할 수 없는 고뇌의 씨앗이 있습니다. 미래의 자신에게 부치는 편지는 툭 터놓고 말할 수 있습니다. 누구의 말을 믿고 걸어가야 하나요? 하나밖에 없는 심장이 산산이 부서지는 괴로움 속에서 살고 있습니다.

고마워. 15세의 너에게 전하고 싶은 게 있지. 자신은 누구인가? 어디로 가야 하나? 계속 묻다 보면 보일 거야. 거친 청춘의 바다는 가혹해도, 내일의 기슭으로 꿈의 배를 저어가자. 포기하지도 말고, 울지도 말고, 자신의 음성을 믿고 걸으면 돼. 어른이 된 나도 상처받아 잠 못 이루는 밤이 있지만 떫어도 감미로운 현재를 살고 있단다. 인생의 모든 것에 의미가 있기에 두려워하지 말고 너의 꿈을 키워나가라. Keep on believing….

마지막 구절은 '이 편지를 읽고 있는 당신이 행복하길 빕니다'로 끝납니다. 아마 서로에게 보내는 기도겠지요.

이 노랫말을 들으면서 저 자신에게 묻게 됩니다. 15년, 아니 10년 후 나는 무엇을 가장 귀중하게 생각하고, 누구와 무엇을 하고 있을까? 또 미래의 나는 지금의 나에게 무엇을 충고해줄 수 있을까? 뭔가 좋은 답장을 쓸 수도 있을 것 같은데, 분명한 것은 정직하게 써야 한다는 점이겠지요. 삶이 메말라질 무렵 각자의 '나'에게 솔직한 편지 한 통을 써보면 어떨까요.

산다는 것은 평생 배우는 것이다

흔히 사랑하는 사람을 잃었을 때 '억장이 무너진다'는 말을 하지요. 제 마음이 지금 그렇습니다. 아버지가 돌아가신 지 한 달하고 보름이 지났지만 좀처럼 조각난 마음이 제자리를 찾지 못하고 있습니다. 걷다가도 아무 데나 그냥 풀썩 주저앉게 되고, 사람을 만나도 멍하니 먼 곳만 쳐다보게 됩니다.

'지금껏 이런 경우가 한 번도 없었는데, 이래선 안 되는데….' 생각은 그렇게 하지만 몸과 마음은 당최 돌아오질 않습니다. 세상에 이런 일이 나한테만 벌어진 것도 아니라는 것, 머릿속으로는 너무나 잘 아는데 풀려진 마음의 나사는 다시 조여지질 않습니다.

산다는 것은 평생 배우는 것이다(Vivere tota vita discendum

est). 제 지인 중 한 사람이 자신의 휴대전화에 담아놓은 철학자 세네카의 명구를 최근 전해줬습니다. 이 문장 속 '배운다'는 말의 깊이와 넓이가 도저히 가늠이 되질 않습니다.

아버지의 죽음도 또 다른 배움의 연장선이란 생각을 하게 됩니다. 세상에 태어나 죽는 바로 그 순간까지 우린 수많은 새로운 지식, 경험을 할 수밖에 없을 것입니다. 죽음도 죽기 전까지는 체험할 수 없지요. 아니 하고 싶어도 할 수 없고, 했어도 기억할 수 없는 것이 죽음뿐은 아닐 것입니다.

내가 이 세상과 이별하기 전까지 나는 무엇을 더 배우며 살 것인가. 이 질문에 답은 하루하루, 매일, 매 순간의 시간 속에 담겨 있을 것 같습니다. 순간의 삶이 하나씩 하나씩 쌓여 제 인생이 되는 것이겠지요. "제 말이 맞습니까? 아버지!" 2016

틀림없이 끝이 있다는 것

어느새 올 한 해가 저물어갑니다. 저한테는 유난히 길고 힘든, 그래서 눈물과 한숨이 뒤섞인 해였던 것 같습니다. 제 정신의 기둥인 아버지의 죽음, 어머니의 수술, 가족의 교통사고, 회사의 어려움…. 저 개인뿐 아니라 나라 안팎에도 불행한 기운이 계속 이어졌지요. 좋은 일도 연달아 오지만 특히 안 좋은 일은 겹쳐 온다는 옛말이 올해만큼 귀에 와닿은 적도 없는 것 같습니다.

불행에도 여러 형태가 있습니다. 또 사람에 따라서도 천차만별인 경우가 많습니다. 현재는 재앙으로 느껴지겠지만 이겨내고 나면 무엇과도 바꿀 수 없는 단단한 행복의 기초가 되기도 하지요.

제 지인 중 하나가 절망에 빠져 철로에 드러누웠던 일이 있습니다. 그 순간 불행은 삶에 대한 의지를 압도했을 겁니다. 하지만 그 절체절명의 순간에 생전 안부도 묻지 않던 딸아이가 "아빠 집에 언제 와?" 하는 전화를 걸어온 덕분에 간발의 차로 열차를 피하게 되었다고 합니다. 물론 그 지인은 불행의 그늘을 벗어나 사랑하는 가족, 친구들과 행복하게 잘 살고 있습니다.

확실한 건 언제까지나 계속되는 불행은 없다는 것입니다. 또한 불행은 피하고자 한다고 피해지는 것도 아니라는 것입니다. 다만 정말 불행한 것은 마음이 흩어져 있어 사방으로 갈피를 못 잡아 불행의 징검다리를 건너뛰지 못하게 되는 경우입니다.

불행의 끝은 분명히 있습니다. 그 끝이 반드시 있다는 믿음이 불행을 이기는 요령이겠지요. 한 가지 더! 불행이 되풀이되는 이유는 대부분 그 사람의 행위보다는 바뀌지 못하는 생각과 사상이 단단한 바윗덩어리처럼 머리를 짓누르고 있기 때문입니다.

불행의 끝에서 행운의 열차를 갈아탈 날도 머지않아 오겠지요. 2016

일단 가볍게 출발

요즘 뒤늦게 스키를 배우고 있습니다. 한때는 선수 못지않게 운동신경이 좋다는 얘기를 들어왔던 터라 스키라고 별거겠니 싶었지요. 결론은… 그게 전혀 아니었습니다. 예전의 내가 아니라는 사실을 격하게 느낍니다. 매번 강습 때마다 스키 선생님한테 혼이 나고 있지요. "그렇게 타시면 눈 바닥에 돈을 뿌리시는 겁니다", "여러 가지 운동을 하셨다는 분이 아직도 기본자세가 잡히지 않는다는 게 이해가 안 됩니다." 야단도 이런 야단이 없습니다.

'에이, 이쯤에서 관둘까?', '자존심도 상하고… 이러다가 늘그막에 굴러 넘어져 팔다리라도 부러지면 누굴 원망할 거야?' 아무리 골반을 꼬고 자세를 고쳐 잡으려 해도 콘크리트처럼 굳어진 근육은 내 맘처럼 움직이질 않습니다. 넘어지지 않으려 자꾸 오리 궁둥이가 되고 마는 저 자신이 밉기까지 합니다.

사실 무슨 운동이든 고비는 있게 마련이지요. 저 자신의 경험에 비추어보면 42.195km 마라톤도 35km 정도에서 최고의 인내가 필요합니다. 우습게 보이는 동네 뒷산도 마지막 '깔딱 고개'는 있습니다. 요거만 넘기면 다른 세상이 기다리고 있을 것 같은데 그 고비를 넘기는 게 나이가 들면서 더 어려워집니다.

포기도 습관입니다. 물론 자신과의 타협도 때론 필요합니다. 그렇지만 스스로 쉽게 포기하면 늘 그 자리에 안주하기 쉽고, 그래서 새로운 것에 대한 저항감만 굳어지게 되지요. 스키! 아마 포기하지는 않을 것 같습니다. 최고의 산악인, 최고의 마라토너는 안 되더라도 산행의 즐거움, 달리기의 매력은 이해할 수 있었듯 스키의 묘미를 어느 정도 알 수 있을 때까지는 계속 혼이 나겠지요.

지금껏 제가 살아온 방식이 늘 이랬던 것 같습니다. 새로움에 대한 호기심! 처음엔 가볍게, 쉽게 시작합니다. 그런데 어느 정도 지나면 깃털처럼 가벼운 일은 없다는 것을 깨닫게 됩니다.

그 후엔 종목에 따라 고행의 크기가 달라집니다.

회사 일도 마찬가지입니다. 시행착오로 심한 좌절감도 느꼈습니다. 자신과의 타협, 포기의 목소리! 이 일을 왜 시작했나? 다 이뤄내면 과연 나에게 어떤 의미가 있는가? 성취감? 그럼 그다음엔 또? 결과는 늘 짧은 감동만 줍니다. 아무리 좋은 결과도 잠깐입니다. 그렇지만 과정은 오래 남습니다. 과정 속에서 나 자신과 많은 얘기를 솔직하게 나누며 성장하는 자신을 발견하게 됩니다. 과정 속에 웃음과 실망, 인내와 창의력도 숨어 있습니다.

완벽하지 못하더라도 저는 무엇인가 계속 도전을 하고 싶습니다. 그 끝은 여전히 알 수 없겠지만 그 과정에서 배움이 계속되고 성숙해질 것이라는 것을 믿어 의심치 않습니다. 이를 위해 일단은 가볍게 출발해봐야겠지요. 2018년 겨울

좋아요, 그런 마음

1판 1쇄 인쇄 2018년 3월 30일
1판 1쇄 발행 2018년 4월 10일

지은이 김성구

기획·책임편집 송은하
단행본부 이은정 김민기 김동규
디자인 홍석훈 문인순
제 작 신태섭
마케팅 최윤호 송영호 유지혜
관 리 노신영

그림 이명애 **표지디자인** 효효 스튜디오

펴낸곳 (주)샘터사
등 록 2001년 10월 15일 제1-2923호.
주 소 서울시 종로구 창경궁로35길 26 2층
전 화 02-763-8963(편집부) 02-763-8966(영업마케팅부)
팩 스 02-3672-1873 **이메일** book@isamtoh.com **홈페이지** www.isamtoh.com

ISBN 978-89-464-7245-7 03810

이 도서의 국립중앙도서관 출판시도서목록(CIP)은 서지정보유통지원시스템 홈페이지(http://seoji.nl.go.kr)와
국가자료공동목록시스템(http://www.nl.go.kr/kolisnet)에서 이용하실 수 있습니다.(CIP제어번호: CIP2018008257)

값은 뒤표지에 있습니다.
잘못 만들어진 책은 구입처에서 교환해드립니다.